BAVAI.

CIRQUE DE BAYA,
d'après M. NIVELEAU, Architecte

Vue perspective des ruines du bâtiment.

BAVAI.

Par J. Lebeau,

président du Tribunal d'Avesnes , membre correspondant de la Société
royale des Antiquaires de France , et de plusieurs autres
sociétés savantes et littéraires.

Oblectat me .... tuas spectare ruinas
Ex cujus lapsu gloria prisca patet.
Silvius Picolomeuus.

A VALENCIENNES,
IMPRIMERIE DE A. PRIGNET, RUE DE MONS, 9.
1843.

BAVAI.

INTRODUCTION.

Des bords de l'Oise à ceux du Rupel, la contrée, couverte d'épaisses forêts, de marais fangeux, de landes à perte de vue (1); resserrée entre deux grandes rivières souvent débordées (2), et sillonnée de courants d'eau, avait un aspect éminemment sauvage (3). Des huttes gauloises étaient dispersées dans les plaines ou les clairières. Plusieurs tribus de Germains nomades ayant franchi le Rhin, environ deux siècles avant l'ère vulgaire, la plupart se fixèrent le long de ce fleuve; celle des Nerviens traversa la Meuse, s'étendit jusqu'aux rives de l'Escaut, et s'établit dans cette partie des Gaules, après en avoir détruit ou chassé les habitants (4).

Quelques lignes tombées de la plume d'un guerrier composent à peu près toute l'histoire d'une nation digne, par sa valeur, d'une écla-

(1) *César*, De Bello Gallico, liber V, 3. — *Tacite*, De Moribus Germanorum, 5.

(2) La Meuse et l'Escaut.

(3) *Tacite.*   Idem.

(4) *César*, Ibidem. l. II 4.

tante célébrité. Les Nerviens ne nous sont guère connus que par la catastrophe qui termina en quelque sorte leur existence.

Sous un climat plus doux, rapprochés des Gaulois moins barbares, ils se civilisèrent sans rien perdre de leur fierté, de leur bravoure, ni de l'austérité de leurs mœurs. Leurs usages différaient peu de ceux des autres peuplades de la Germanie, à laquelle ils se glorifiaient de devoir leur origine (1); mais ils avaient moins de dédain pour les travaux paisibles de l'agriculture. Ils vivaient du produit de leurs champs, de leurs troupeaux et de leur chasse (2).

Ils avaient la taille haute et bien proportionnée, les membres nerveux, la peau blanche, les yeux bleus, le regard farouche, les cheveux d'un blond ardent, la démarche altière, les mouvemens brusques, la voix forte et menaçante (3).

Leur vêtement se composait d'une sorte de tunique étroite, collante et chamarrée, qui descendait jusqu'au dessous des hanches, et à travers laquelle se dessinaient toutes les formes du corps; de longues chausses assez amples, et d'un sayon attaché sur l'une ou l'autre épaule, ou sur la poitrine : c'était une espèce de petit manteau carré, de peaux tachetées ou bigarrées, avec le poil en dedans : celles des animaux les plus féroces étaient les plus estimées. Les femmes vêtues en toutes saisons d'une robe de lin, bordée de pourpre et sans manches, qui leur laissait les bras et le haut de la poitrine entièrement découverts (4), y ajoutaient, dans les temps froids, d'élégantes fourrures. Elles avaient un grand soin de leurs cheveux qu'elles retroussaient artistement sur la tête, en y mêlant des fleurs, et portaient un voile blanc nuancé de rouge (5). La chaussure, faite de cuir, de joncs ou d'écorces d'arbres, était la même pour les deux sexes, et avait la forme d'un soulier recouvert sur le cou-de-pied (6).

---

(1) Tacite, Ibid., 28.

(2) Strabon, l. IV. — Tacite, Ib., 23.

(3) Diodore de Sicile, l. V. — Strabon, l. IV. — Ammien Marcellin, l. XV.

(4) Diodore de Sicile, l. V. — Strabon, l. IV. — Tacite, Ib., 17.

(5) La Vierge d'Arduènne, par Mme. E. Voiart. Notes 4, 17 et 25 du livre 2.

(6) B. Bauduin, Calceius Antiquus, capita 2,3 et 5. — Durondeau. Mémoire couronné par l'académie de Bruxelles.

Les Nerviens portaient vraisemblablement aussi des sabots, chaussure fort ancienne chez les peuples du Nord.

Les Nerviens ne se montraient pas en public sans armes. Chacun d'eux avait à la main une lance ou plusieurs traits, un écu peint de couleurs éclatantes au bras gauche, au côté droit une longue épée suspendue à une chaîne, et une sorte de coutelas au côté opposé (1).

Leurs demeures n'étaient ni agglomérées en villes, ni rassemblées en hameaux. Dispersées et solitaires, l'une s'élevait au sommet d'une colline, l'autre s'enfonçait à l'extrémité d'un vallon : assise au bord d'un ruisseau, celle-ci occupait le milieu d'une riante prairie ; celle-là, bâtie à mi-côte, dominait une plaine vaste et fertile. Le plus ou le moins d'agrément ou de commodité avait déterminé le choix du site. L'édifice était de forme circulaire, composé de claies enduites d'une terre luisante, et couronné d'un dôme de paille ou de roseaux. Tout autour régnait une haie épaisse, surmontée, d'espace en espace, de la cime haute et touffue des arbres destinés à protéger l'habitation contre la violence des vents. On conservait les grains et les autres provisions dans des souterrains dont l'ouverture était cachée, et qui servaient de retraite en cas de surprise (2).

Des pâturages immenses, arrosés par quantité de ruisseaux, nourrissaient de nombreux troupeaux de bœufs. Les troupeaux de brebis, dispersés sur les hauteurs, y broutaient le thym sauvage et d'autres plantes odoriférantes. On n'entretenait qu'un petit nombre de chevaux (3).

Les champs produisaient du froment, de l'orge, du seigle, de l'avoine, du lin, des pois, des fèves. On cultivait aussi quelques racines

---

(1) *Diodore de Sicile, l. V. — Strabon, l. IV. — Tacite,* Ib., 6 et 13.

(2) *Tacite,* Ibid., 16.

(3) *Tacite,* Ibid., 5.

» *Quamquam nec Calabræ Mella.......*
» *........ nec pinguia Gallicis*
  » *Crescunt vellera pascuis.*
    Horace, Odes, l. III, od. XVI.

» *Je ne dois pas...........*
» *Aux Gaulois de riches toisons.*
    Traduct. de M. Goupy.

» *Ut jam....................*
» *Pascat Belga pecus.*
    Claudien, De Laud. Stilic., l. I.

César, Ibid., l. II, 17.

et quelques plantes potagères. Les fruits étaient rares et d'un goût très-âcre (1).

Le gibier abondait dans les bois et les bruyères, et les eaux contenaient d'excellents poissons d'espèces variées. Il est vraisemblable que les Nerviens mangeaient peu de poisson ; mais ils employaient à la chasse le temps qu'ils ne consacraient pas aux expéditions militaires ou aux plaisirs de la table. La chasse n'était pas pour eux un simple divertissement : c'était une véritable occupation. Elle ouvrait aux jeunes gens la carrière des distinctions et de la gloire. On accueillait avec des applaudissements et des acclamations, on comblait publiquement de louanges ceux d'entre eux qui rapportaient le plus de cornes d'aurochs. Parmi les animaux féroces qui dominaient dans les forêts, et dont les plus communs étaient les loups, les ours, les sangliers, le plus formidable était l'aurochs ou taureau sauvage. Il avait l'extérieur d'un bœuf et n'en différait que par l'énormité de sa taille, son agilité, sa force et son extrême férocité (2).

Les travaux grossiers et les soins domestiques étaient abandonnés aux serfs, aux femmes, aux gens du peuple (3).

Ravalées dans leur intérieur au rang des esclaves, élevées dans l'opinion au-dessus de la condition humaine, les femmes remplissaient l'intervalle incommensurable qui sépare ces deux extrêmes, et leur destinée offrait d'inexplicables contrastes. Leur sexe était pour les Nerviens, comme pour les autres nations du Nord, l'objet d'une sorte de culte : on croyait qu'il y avait en elles quelque chose de divin. On ne doutait pas qu'elles ne pénétrassent, avec une égale perspicacité, les abîmes du passé, les secrets du présent et les profondeurs de l'avenir. Néanmoins, avec la réputation de commander à la nature entière, elles ne pouvaient se dispenser d'obéir à toutes les volontés de leurs maris, qui avaient sur elles droit de vie et de mort. Un homme engagé dans les liens du mariage venait-il à succomber atteint d'un mal inconnu, on mettait la veuve à la torture, et, à moins qu'elle ne fût assez heureuse pour dissiper les soupçons, elle était condamnée à expirer dans d'horribles tourments (4).

(1) Durondeau, Mémoire ci-dessus. — Dujardin, Mémoire aussi couronné par l'académie de Bruxelles. — A. G. B. Schayes, Les Pays-Bas avant et durant la Domination Romaine, t. I, 1re partie, c. 5.

(2) César, Ib., l. VI, 28. — Tacite, Ib., 15.
(3) Tacite, Ib., 15 et 25.
(4) César, Ib. l., VI, 19. — Tacite, Ib., 8.

Le jeune Nervien à qui les charmes d'une belle Nervienne avaient inspiré le désir de l'épouser s'introduisait auprès d'elle avec les présents qu'il lui destinait : s'ils étaient agréés par les parens, il en recevait de semblables en échange, et le mariage était conclu. Cette union était indissoluble et sacrée. Compagne inséparable de celui auquel une femme avait donné sa foi, elle devait l'aider à fournir la tache de la vie, en partager avec lui les biens et les maux, et quelquefois en consommer avec lui le sacrifice. C'est ce que signifiaient le trophée d'armes, la framée, la dague, le bouclier suspendus au-dessus de la couche nuptiale, et le joug, la paire de bœufs, le cheval enharnaché, qui composaient, avec ces armes, les dons que les époux s'étaient faits mutuellement, et que l'on avait eu soin d'assortir ainsi pour offrir un emblème des devoirs de la société conjugale. On n'en connaissait ni de plus saints, ni de plus doux. Quoiqu'ils les assujétissent à de pénibles travaux et que, souvent, ils les associassent même à leurs dangers, les maris regardaient leurs femmes comme d'aimables compagnes que le ciel leur avait données pour embellir leur existence et en alléger le poids, en le soutenant avec eux; ils les aimaient, les considéraient et avaient pour elles toute sorte d'égards et de déférence. De leur côté, les femmes avaient pour leurs maris ces soins affectueux, ces attentions touchantes, ces flatteuses prévenances qu'inspirent la tendresse et le besoin de plaire. Leurs utiles et continuelles occupations les préservaient des travers qu'engendrent le désœuvrement et l'ennui. Simples dans leurs goûts, sobres dans leurs repas, elles n'avaient d'autre luxe que celui d'une propreté poussée jusqu'à la recherche (1), et ne faisaient point usage de liqueurs enivrantes. La pudeur chez elles était moins une vertu qu'une sorte d'heureux instinct: aussi la paix des familles était-elle rarement troublée par le scandale d'une flamme adultère; mais alors la vengeance ne pouvait manquer de suivre de près l'outrage. Le mari d'une femme coupable devenait son juge et son bourreau. Après l'avoir dépouillée de sa chevelure et de ses habits, en présence de ses parents assemblés, il la chassait de la demeure commune et lui faisait parcourir, en la fouettant, tous les détours du canton (2).

On exposait, sur un bouclier flottant au milieu des eaux, l'enfant dont la naissance précoce ou tardive semblait accuser la mère. S'il venait à s'enfoncer et à être englouti, il n'était plus permis de douter du crime: si, au contraire, les zéphirs le ramenaient vers la rive,

1. Tacite, Ib., l. VI, 18, 19. — Ammien Marcellin, l. XV.
2. Tacite, Ib., 19.

mollement bercé sur les flots, la mère, pleinement justifiée, et l'en-
fant, remis dans ses bras, étaient reconduits en triomphe (1). On
soumettait les jeunes filles à d'autres épreuves. Les mouvements d'une
pierre énorme, placée en équilibre sur d'autres pierres, marquaient
avec précision le plus ou le moins de confiance qu'il convenait d'ac-
corder à leurs protestations. Les plus chastes n'approchaient qu'en
tremblant de ces masses mobiles dont l'usage était néanmoins peu
fréquent (2). Une heureuse ignorance des moyens de séduction ser-

---

(1) « *On dit que les Celtes prennent pour arbitre de la légitimité leur*
» *fleuve, et que celui-ci ne se laisse fléchir ni par le cri des mères, in-*
» *téressées à cacher leur deshonneur, ni par les pères qui attendent, en*
» *tremblant, pour le sort de leurs épouses et de leur progéniture, la*
» *sentence d'un juge intègre et irréfragable.* » OEuvres de l'Empereur
Julien, 2ᵉ harangue. *Traduct. de M. Tourlet.* — « *Leur fleuve (le Rhin).*
» *Le poète Nonnus parle aussi de cet usage, l. 25; et Themistius, dans*
» *son Panégyrique de Julien, raconte le même fait.* » Note du Traduc-
teur. — « *Le Rhin ne sert pas mal les Celtes quand il entraîne, dans le*
» *torrent de ses eaux, les enfans illégitimes, pour venger les outrages*
» *faits au lit nuptial, tandis qu'il fait surnager à la surface ceux qu'il*
» *reconnaît sortis d'un sang pur, et les remet à leur mère éplorée, en*
» *témoignage irrécusable de la chasteté et de la sainteté de l'union con-*
» *jugale.* » Lettre de Julien à Maxime ou à Libanius, *même traduct.*
Julien ne parle, il est vrai, que du fleuve qui, de son temps, servait
de barrière entre les Germanies cisrhénane et transrhénane; toutefois,
on sait que la signification du mot rhin, aujourd'hui simple nom pro-
pre, s'étendait originairement à toutes les eaux courantes. — « *Anglo-*
» *Saxonibus sane rin, rine, ryne, cursum aquarum.. significat.* »
Wacther, Glossarium Germanicum — « *Autrefois on donnait le nom*
» *de Rhin à tous les fleuves.* » J. Ch. De Montbron, Essais sur la Littérature des Hébreux Le Meurtrier, Note 16. — « *Ce beau fleuve naît*
» *dans la partie sud-ouest du canton des Grisons, où tous les ruisseaux*
» *portent le nom de Rhein, ou courant, mot qui paraît celtique ou an-*
» *cien germanique.* » Malte-Brun. Précis de la Géographie Universelle,
L. XXXVII. *On peut donc en induire que l'usage auquel l'empereur*
philosophe fait allusion, était commun aux nations d'origine germanique.

(2) *Ce n'est là qu'une conjecture, mais qui ne manque pas de fonde-*
dement. « *Dans une lettre que M. Baudoin a fait insérer au tome III des*
» *Mémoires de l'Académie Celtique, concernant des recherches sur*
» *l'Armorique, il donne des détails sur la pierre branlante du Yandet,*
» *appelée Roc'hwere' het, la roche aux vierges; il ajoute qu'en Breta-*

rait de sauve-garde à l'innocence, et la honte attachée aux amours illicites leur fermait les cœurs. Il eût suffi d'un moment d'oubli pour exposer à de perpétuels regrets celle qui aurait eu à se lo reprocher. Ni la jeunesse, ni la beauté, ni l'éclat de la naissance ou des richesses n'auraient pu la sauver du déshonneur, ni lui faire trouver un époux (1).

Les enfants, allaités par leurs mères, toujours nus, exposés aux diverses impressions de l'air, rampant dans l'ordure, se jouant au milieu des troupeaux, jouissant d'une entière liberté, acquéraient, en croissant, une vigueur et une taille qui devaient en faire un jour des hommes formidables. Les jeunes gens s'accoutumaient de bonne heure à supporter la fatigue, le froid, la faim; à coucher sur la terre humide ; à traverser les rivières à la nage ; à devancer à la course les animaux les plus légers. Quelle que fût leur inclination pour les armes, ils ne pouvaient en porter avant d'avoir été publiquement reconnus capables d'en faire usage. Celui qui avait été jugé digne de cette faveur paraissait dans l'assemblée, et là, son père ou l'un de ses proches, quelquefois un des chefs de la nation, l'armait de l'écu et de la framée. Jusqu'à ce moment, il n'avait appartenu qu'à sa famille, il devenait dès lors un des membres de la société. Cette cérémonie auguste et touchante marquait le passage de l'adolescence à l'âge viril (2).

La nation était gouvernée par des magistrats et commandée par des chefs; mais l'autorité des magistrats était subordonnée à celle de l'assemblée générale, qui en préposait un, dans chaque canton, pour y rendre la justice, avec les assesseurs qu'elle lui adjoignait. Les

---

» gne on appelle les pierres branlantes la Pierre aux c....; il croit trou-
» ver l'origine de cette dénomination bizarre dans une ancienne tradition
» qui suppose que ces pierres étaient destinées à faire connaître les maris
» dont les femmes avaient violé la foi conjugale et les filles qui avaient
» manqué à l'honneur. » Mémoires de la Société Royale des Antiquaires de France, tome 2e de la nouvelle série. Pierres Branlantes. « Les
» pierres branlantes, dit la tradition, prédisaient l'avenir à celui qui
» savait étudier leurs mouvements. Celle de Trégune (Trékonk), près
» Concarneau, est encore consultée par les maris qui craignent le sort
» de Georges Dandin. » M. Pitre-Chevalier, La Bretagne ancienne et
moderne, ch. I.

(1) Tacite, Ibid., 19.
(2) César, De B. G., l. VI, 21. — Tacite Ibid. 12, 20.

braves, choisis dans la même assemblée pour commander, devant compter bien moins sur leur pouvoir que sur leur ascendant, n'étaient sûrs d'être obéis qu'en inspirant la confiance et en excitant l'admiration par leur habileté, leur vigilance, leur valeur, l'habitude de se montrer les premiers aux endroits où il y avait des dangers à courir. Les divers emplois de la magistrature ne se conféraient qu'à ceux qui tenaient un rang distingué dans la nation, excepté les fonctions d'assesseurs qui étaient exercées par les différentes classes d'hommes libres; mais tous ceux qui s'étaient signalés par leurs exploits, quels que fussent leur rang et leur naissance, avaient droit de prétendre au commandement (1).

Les magistrats, à l'exemple des dieux, siégeaient sous des chênes. La répression des désordres et la connaissance des différends entre particuliers étaient dans leurs attributions, mais les accusations graves devaient être portées devant l'assemblée générale. La législation d'un peuple dont les institutions étaient si simples ne pouvait être compliquée. On pendait aux arbres les traîtres et les transfuges, les lâches et les infâmes étaient ensevelis dans la fange; les délits moins graves étaient punis d'une amende. Les lois civiles, en petit nombre, réglaient les tutelles, l'adoption, les échanges, les divers modes de transmission de biens (2).

L'assemblée générale de la nation s'ouvrait, à moins d'événements imprévus, au commencement soit de la nouvelle, soit de la pleine lune. On n'y observait aucun ordre de préséance : chacun prenait à son arrivée une place de son choix, ou celle qui lui était assignée par le hasard ou par les mouvements de la foule. Lorsque l'assemblée était formée, les officiers qui en avaient la police imposaient silence. Alors, un des assistants, du nombre de ceux à qui leur rang, leur âge, leur éloquence, ou des actions d'éclat donnaient le plus de prépondérance, haranguait la multitude. Dès qu'il avait cessé de parler, des murmures d'improbation ou le cliquetis flatteur des armes lui apprenaient l'effet qu'il avait produit (3).

Les Nerviens étaient divisés en nobles, en roturiers et en serfs. Les nobles et les roturiers composaient la nation. Les serfs avaient, comme les hommes libres, leurs familles, leurs cabanes, et la propriété des choses à leur usage; mais ils devaient rendre à leurs mai-

---

(1) *Tacite*, Ibid., 7, 11, 12.
(2) *Tacite*, Ibid., 12.
(3) *Tacite*, Ibid., 11.

tres, les uns du grain, les autres du bétail ou des vêtements; il fallait en outre qu'ils exécutassent leurs ordres quand ils en recevaient, car la plus légère désobéissance pouvait être punie de mort. Quant aux offices de la domesticité, ils étaient exercés dans chaque logis, par la femme et les enfans de celui qui en était le chef, quelle que fût sa condition (1).

Les artisans, peu nombreux en chaque genre, étaient soit des serfs, soit des gens du peuple. Ils travaillaient le bois, les métaux, le lin, les peaux de bêtes, et l'argile qu'ils façonnaient en vases. Les ouvrages sortis de leurs mains dénotaient, comme ceux des peuples sauvages, plus d'adresse et de patience que d'art et de goût. C'étaient, avec quelques instruments grossiers, des tissus et des ustensiles d'un travail également brut. La légéreté et une sorte d'élégance, jointes à beaucoup de solidité, rendaient pourtant leurs chariots remarquables ; mais ils déployaient surtout les ressources de leur industrie dans la fabrication des armes : ils y prodiguaient les soins et les ornements. (2).

Les Nerviens ne souffraient pas qu'on se livrât chez eux au commerce. Ils avaient des marchands la même opinion et la même défiance qu'on a, dans toute société policée, de ceux qui se livrent à des spéculations honteuses ou contraires aux bonnes mœurs. Trouvant dans leurs champs ou dans leurs forêts tout ce qui convenait à leurs besoins, ils regardaient les productions étrangères comme des superfluités dangereuses, propres à entretenir la mollesse et à énerver le courage (3).

La magie, la divination, l'art de tirer des augures, le secret de guérir par enchantement, étaient à peu près les seules sciences que leurs sages cultivassent. Leurs connaissances en astronomie se réduisaient à savoir distinguer les diverses phases de la lune, dont les unes indiquaient le temps favorable aux entreprises, les autres celui où il fallait se garder de rien entreprendre. Ils comptaient par nuits et non par jours. Cet usage était commun aux Germains et aux Gaulois chez qui la durée de chaque période était réglée par les mouvements de la lune, le moment où cet astre se montre sur l'horizon devait

---

(1) César, Ib., l. VI, 13. — Tacite, Ib., 15, 25.

(2) Durondeau et Dujardin, Mémoires cités. — A. G. B. Schayes. Les Pays-Bas etc. l. I, 1re partie, c. 5.

(3) César, Ib., l. II, 15.

naturellement commencer l'espace auquel correspond notre jour civil (1).

Quoiqu'ils n'eussent aucune teinture des beaux-arts et qu'ils igno-rassent même l'usage de l'écriture, ils n'étaient pas insensibles aux charmes de la poésie. Ils célébraient par des chants, dont les paroles étaient mesurées et cadencées, les louanges des dieux, les merveilles de la nature, les exploits des héros. La nation n'avait pas d'autres annales.(2).

Leurs divinités, plus faites pour inspirer la défiance que l'amour, la crainte que la reconnaissance, étaient irascibles, cruelles, im-pitoyables et sauvages, comme l'appareil de leur culte ou l'aspect des lieux qui leur étaient consacrés. Elles n'avaient ni temples, ni statues : on les invoquait dans l'épaisseur des bois, sous les voûtes d'un sombre feuillage également impénétrable aux rayons du soleil et au souffle des zéphirs, et dont l'immobilité lugubre et la mystérieuse horreur ne pouvaient manquer de glacer les cœurs d'effroi. C'était là qu'on leur offrait les dépouilles des vaincus ou les membres dépé-cés des victimes humaines. On suspendait ensuite aux branches des arbres voisins ces sanglantes offrandes (3).

On ignore si le druidisme était en Nervie la religion dominante, mais il y fut du moins adopté. Toutefois, il est douteux que les Druides y aient eu la même prépondérance qu'en d'autres contrées.

Tranquilles possesseurs d'une grande étendue de pays, les Ner-viens formèrent une nation puissante et formidable. Ils subjuguèrent leurs voisins, qui devinrent leurs tributaires. Ils tenaient dans leur dépendance les Centrons, les Grudiens, les Levaciens, les Pleumo-siens, les Gorduniens, peuplades dont les noms seuls ont passé à la postérité et dont la trace même est inconnue (4).

La conquête d'un sol plus fertile et d'un climat moins rigoureux fut jadis l'objet constant de l'ambition des peuples du Nord. Les Cimbres et les Teutons, allant chercher d'autres terres sous un ciel

---

(1) *Diodore de Sicile, l. V. — Pline, l. XXV, c. 9. — Tacite*, lb. 10 et 11.

(2) *Diodore de Sicile, l. V.*

(3) *César*, lb., l. VI, 16. — *Diodore de Sicile, l. V. — Tacite*, lb., 9; Annales, l. I, 61.

(4) *César*, lb, l. V, 39.

plus doux, voulurent traverser celle des Nerviens ; ils furent repoussés (vers l'an 113 avant l'ère vulgaire) et durent s'ouvrir un passage à travers les bois et les fourrés ou la fange des marais (1).

Les Helvétiens, séduits par les promesses de leur chef Argentorix, brûlèrent leurs chaumières, abandonnèrent leurs montagnes (an 68 avant J.-C.), dépassèrent leurs limites, et fournirent aux Romains un prétexte pour ramener dans les Gaules leurs armées victorieuses (2).

En vain au milieu de ces contrées florissantes eût-on cherché les descendants des guerriers qui avaient enrichi leur patrie de la dépouille du temple de Delphes, et qui, sur le point d'effacer de la terre la ville éternelle, n'avaient consenti qu'au poids de l'or à lui laisser suivre ses destinées; en proie aux discordes civiles, les Gaulois avaient appelé l'étranger au sein de leur commune patrie, et, déjà sous le joug, ils allaient avoir bientôt sujet de s'écrier, comme leurs ancêtres, mais dans un sens inverse : Malheur aux vaincus !

La défaite des Helvétiens, le voisinage de César à la tête d'une armée triomphante, et la sujétion dans laquelle il tenait les Edues et les Séquanais qui, opprimés par de nombreuses troupes de Germains, l'avaient appelé à leur secours, inquiétèrent les Belges. Dans la vue de garantir leur territoire d'une invasion, ils se liguèrent et mirent sur pied une armée de près de 300,000 hommes, dont les Nerviens fournirent plus d'un sixième. Le chef des Suessoniens, auquel le commandement fut déféré, se porta sur Bibrax défendu par les Rémois qui n'avoient pas voulu entrer dans la coalition. Quoique attaquée avec moins d'art que de bravoure et opposant une vigoureuse résistance, la place eût été vraisemblablement emportée si, à l'apparition des cavaliers numides, des archers crétois, des frondeurs baléares, détachés de l'armée romaine, les assaillants n'avaient jugé à propos de se retirer. Ils se répandirent aux alentours qu'ils dévastèrent, incendiant les habitations, ravageant les campagnes, et se dirigèrent vers le camp de César. Ils furent battus (an 57 avant J.-C.), se séparèrent et se soumirent. Les Nerviens seuls, indignés de cette lâcheté, n'adressèrent point de députation au vainqueur. Il résolut de les en punir (3).

---

(1) Cesar. Ib., l. II, 4.

(2) Id., Ib., l. I, 3.

(3) Id., Ib., l. II, 1, 4, 6, 7, 10, 11, 12, 13, 18.

S'étant informé de leur caractère et de leurs mœurs, il apprit que c'était une nation fière, intrépide, de mœurs austères, qui s'était interdit l'usage du vin et des autres superfluités de ce genre, et que, blâmant énergiquement les autres Belges de leur soumission, elle leur reprochait d'avoir dégénéré de la vertu de leurs pères (1).

Cependant les Romains, s'avançant à grandes journées, étaient arrivés au bord de la Sambre avant que les Nerviens eussent reçu, de leurs alliés, d'autres renforts que ceux qui leur étaient envoyés par leurs voisins les Atrébates et les Véromanduens. Ils ne s'en précipitèrent pas moins au-devant de l'ennemi. Le combat fut tellement meurtrier, que César, obligé de se couvrir à la hâte des armes d'un simple légionnaire, courut personnellement les plus grands dangers. Déjà son camp était envahi; la confusion s'étendait dans toute l'armée; les goujats, les frondeurs, la cavalerie numide fuyaient, et celle des Trévires, abandonnant à toute bride un allié qu'elle jugeait abandonné de la victoire, annonçait au loin la défaite des Romains. Mais la présence du chef et l'arrivée de Labienus, dont la légion n'avait pas été entamée, leur avaient rendu le courage. Le front des Nerviens était jonché de cadavres qui bientôt, en s'entassant, formèrent un sanglant et horrible rempart du haut duquel ceux qui pouvaient encore se tenir debout faisaient pleuvoir des traits. Quoique l'ardeur des combattants ne parût point se ralentir, on cessa de combattre (même année 57) (2).

L'armée des Nerviens de 60,000 guerriers était réduite à 500, et il ne restait que trois de leurs 600 chefs. Boduognat, qui les avait commandés, ce vaillant défenseur de la liberté de sa patrie, gisait probablement étendu sur cette terre où sa mémoire est oubliée, quoique le nom du vainqueur soit encore dans toutes les bouches (3).

Avant d'aller attendre les Romains, les Nerviens avaient mis leurs femmes, leurs enfants et leurs vieillards en sûreté, dans des lieux en quelque sorte inaccessibles, au milieu de marais profonds. César, ému de pitié, n'usa point des droits de la victoire envers les faibles restes d'une nation si valeureuse : il leur laissa la liberté et leur rendit leurs possessions (4).

(1) Cesar, Ib., l. II, 15.
(2) Id., Ib., l. II, 16, 17, 18, 19, 20, 21, 22, 23, 24, 25, 26, 27, 28.
(3) Id., Ib., l. II, 28.
(4) Id., Ib., l. II, 16, 28.

Trois ans s'étaient écoulés quand le conquérant, obligé par la disette des vivres de répartir ses troupes dans divers cantonnements assez éloignés les uns des autres, envoya la légion de Quintus Cicéron sur les terres des Nerviens. Elle s'y renferma dans un camp fortifié. Le chef des Éburons, Ambiorix, ayant massacré la légion de Sabinus et de Cotta qu'il avait attirée au fond d'une vallée, dans la forêt des Ardennes, et s'étant fait joindre à son passage par un grand nombre d'Atuatiques, marcha droit au camp de Cicéron. Il trouva d'autres auxiliaires dans les Nerviens (1).

Le camp fut cerné (an 54 avant J.-C.), les assiégeants l'entourèrent d'une circonvallation haute de onze pieds, et d'un fossé profond de quinze. Leur ardeur était telle que, privés des outils nécessaires, ils coupaient le gazon avec leurs épées et en transportaient les mottes dans leurs sayons. Ils entreprirent, avec l'aide de quelques transfuges, de fabriquer des machines de guerre : ils charpentèrent des tours, forgèrent des faux, préparèrent des tortues. Ils lancèrent des globes d'argile ardents et des traits enflammés sur les barraques que les Romains avaient substituées aux tentes, et qui étaient couvertes en chaume, à la manière des Gaulois. Tandis qu'à travers d'épais nuages de fumée les flammes s'étendaient en vastes tourbillons, ils s'approchèrent des retranchements à la faveur du désordre, en poussant de grands cris, et tentèrent un assaut ; mais ils furent repoussés et contraints de se retirer avec perte. Néanmoins cette journée fut désastreuse pour les assiégés dont la souffrance était déjà extrême. Cicéron, qui, malgré le mauvais état de sa santé, ne se donnait point de repos, attendait avec anxiété des secours dont sa situation rendait le besoin si pressant. La légion, excédée de fatigues, avait beaucoup de malades et surtout de blessés. Une lettre de César, attachée à un javelot fiché au haut d'une tour où il ne fut aperçu que deux jours après y avoir été dardé, et la lueur des incendies qu'on remarqua dans le lointain, ramenèrent l'espérance dans tous les cœurs. César arrivait en personne (2).

Les Nerviens et leurs alliés allèrent à sa rencontre au nombre d'environ 60,000. Il en fut informé, vers le milieu de la nuit, par les lettres que lui remit, de la part de Cicéron, un Gaulois que l'on avait employé déjà à cette sorte de message. Il fit aussitôt assembler ses cohortes, leur communiqua les lettres de Cicéron et ordonna les

1) César, lb., l. V. 24, 26, 37, 38.
2) Id., lb., l. V. 40, 42, 43, 45, 48.

dispositions nécessaires. Il se remit en route le lendemain à la pointe du jour ; mais à peine avait-il fait quatre milles qu'il distingua des bandes nombreuses au-delà d'une vallée profonde coupée par un ruisseau. Il suspendit sa marche et, malgré le désavantage des lieux, il résolut d'y camper. Quoique ses forces ne fussent guère supérieures au dixième de celles qui devaient lui être opposées, il voulut les faire paraître moindres encore, en resserrant les limites de son camp, afin d'augmenter la présomptueuse confiance des Gaulois. Les parapets eurent plus d'élévation que de coutume, les portes furent bouchées avec du gazon, personne ne resta en dehors, on donna tous les signes d'une crainte extraordinaire. Ce stratagème réussit. Les Gaulois, qui croyaient n'avoir qu'à se saisir d'une proie facile, s'avancèrent en foule, entourèrent le camp et commençaient à l'escalader, lorsque les Romains, sortant tout-à-coup par toutes les portes, se précipitèrent sur les assaillants, tuèrent tous ceux qu'ils purent atteindre et mirent les autres en fuite. Ceux qui purent échapper, à la faveur des bois et des eaux fangeuses dont ces lieux sauvages étaient remplis, se dispersèrent (1).

Loin de se décourager, les Nerviens, plus animés par leurs défaites, entrèrent, avec les Trévires, les Senones, les Carnutes et les Atuatiques, dans la confédération que ces peuples formèrent pour se délivrer de la domination des Romains. Mais cette détermination eût pour les premiers un résultat funeste. Induciomare, le chef des Trévires, qui devait commander les confédérés, ayant été battu par Labienus et tué dans sa fuite, César surprit les Nerviens avant qu'ils fussent en armes, ravagea leurs terres, incendia leurs habitations, enleva les hommes et les troupeaux, et les distribua à ses troupes (an 52 avant J.-C.) (2).

L'armée, que toutes les nations gauloises envoyèrent au secours d'Alise, contenait des Nerviens. Elle se réunit sur les terres des Edues, qui les premiers avaient pris les armes. On y comptait 8,000 cavaliers, le nombre des gens de pied était de 240,000. Elle fut vaincue, et avec elle s'évanouit la liberté des Gaules (an 51 avant J.-C.) (3).

---

(1) *Cesar*, Ib., *l. V*, 49, 50, 51, 52.

(2) *Id.*, Ib., *l. V*, 56, 58.; *l. VI*, 2 *et* 3.

(3) *Id.*, Ib., *l. VII*, 68, 75, 76, 88.

BAVAI,

CHEF-LIEU DE CANTON , A DEUX MYRIAMÈTRES CINQ KILOMÈTRES

NORD-NORD-OUEST D'AVESNES. 1601 HABITANS, 555 MAISONS.

> Oblectat me .... tuas spectare ruinas
> Ex cujus lapsu gloria prisca patet.
>
> *Silvius Picolomenus.*

ES ruines, des tombeaux, un nom aujourd'hui sans éclat, voilà ce qui reste d'une grande ville et les seuls monuments qui en révèlent l'existence. En vain les interroge-t-on depuis des siècles, on ne sait ni de quels événements elle a été le théâtre, ni quand elle a commencé, ni comment elle a fini. Toutefois, il ne faut pas se rebuter, si l'on veut savoir au moins ce qu'elle fut. On ne peut l'apprendre que de ces témoins muets de son antique splendeur et en explorant les lieux où ses restes gisent, suivant l'expression d'un moderne (1), là, épars dans la poussière; ici, enfouis sous le sol qu'elle couvrit jadis de ses nombreux et superbes édifices.

A l'exception du géographe Ptolomée, de l'auteur de l'itinéraire d'Antonin et de celui de la Table Théodosienne qui, en nommant cette ville, le premier, *Baganum Nerviorum,* le second, *Bagacum,* le troisième, *Baga-co Nerviorum ,* se sont bornés à en indiquer la situation, les anciens n'ont fait aucune mention de Bavai.

---

(1) Le père Boucher, *Belgium Romanum, Ecclesiasticum et Civile,* liber 16, caput 7.

Jacques de Guyse, sur la foi de quelques poètes ou prosateurs maintenant oubliés, en attribue la fondation à un roi de Phrygie, contemporain et parent de Priam. Selon cet annaliste, cette ville renfermait, dans une enceinte immense, quantité de temples, un palais admirable et une population nombreuse; on la nomma d'abord *Belgis*, ensuite *Octavie;* une longue succession de souverains, ayant le titre d'*Archidruides*, y firent respecter et chérir leur domination (1).

Rencontrant à chaque pas, autour d'eux, des débris imposants et d'une extrême vétusté, les habitants de Bavai ne doutaient pas encore, au seizième siècle, que leur ville ne fût, en effet, l'antique et merveilleuse *Belgis* (2), celle-là même qui avait donné le jour à l'un des intrépides compagnons de *Brennus* (3), au vainqueur d'un roi de Macédoine successeur d'Alexandre-le-Grand.

De plus doctes, n'accordant à Bavai ni une origine aussi ancienne ni des commencements aussi fastueux, jugèrent qu'il consistait, à l'arrivée de César, en *un amas de cabanes entouré d'un fossé et d'un rempart à la gauloise* (4). C'était, d'un même trait, expliquer de quelles places le vainqueur des Nerviens laissa la possession aux vaincus, et résoudre ce que l'application d'un nom barbare à une sorte de colonie romaine semble avoir de problématique.

---

(1) Jacques de Guyse, *Chroniques et Annales de Haynnau*, volume 1er, livre 1er, chapitres 1er et suivants.

(2) Ancien nom de Bavai, selon l'école de Jacques de Guyse. *Chron. et Ann.* v. 1, l. 1, c. 11.

(3) *Descrittione di Tutti i Paesi Bassi* di M. Lodovico Guicciardini. — *Bavais.* — « Le mot Brennus paroît avoir été un titre de dignité ou » de commandement parmi les Gaulois. » M. F. J. Dunod, *Histoire de Bourgogne*, tome I, page 5. — Brennus est la traduction latine de Brenhin. H. G. Moke, *Histoire des Francs*, note de la page 552, et p. 591, note 5.

(4) Des Roches, *Histoire ancienne des Pays-Bas autrichiens*, livre 1, chapitre 5. — L'abbé Amand, *Dissertation historique et critique sur l'origine, le gouvernement, la religion, la langue et les limites des Nerviens, avant la conquête de César, etc.*, insérée dans le tome 2 des *Mémoires et Publications de la Société des sciences, des arts et des lettres du Hainaut*, page 151.

Depuis que le flambeau de la critique a répandu quelque lueur sur le berceau des peuples, les royaumes ni les villes ne se glorifient plus d'avoir eu des Troyens fugitifs pour fondateurs, et telle ne saurait être aujourd'hui la prétention de Bavai : le roi *Bavo*, la reine *Ursie*, le prince *Gurgont* (1) sont des personnages qu'il suffit de nommer pour montrer combien ils sont étrangers à l'histoire.

C'est en se fondant sur une sorte de rapport entre *Belgius* (2) et *Belgis* qu'on imagina que Bavai était le lieu natal du Gaulois qui battit Ptolomée Ceraunus, le fit décapiter et dévasta la Macédoine (3); car était-il possible encore, lorsqu'une telle opinion vint à se répandre, de savoir où naquit un barbare expatrié, que probablement une mort prématurée enleva, il y a plus de deux mille ans, à plus de cinq cents lieues des Gaules, soit dans sa retraite, soit dans les combats, soit dans la déroute des spoliateurs du temple de Delphes, mais dont le sort est resté inconnu ainsi que le nom, celui de Belgius, par lequel l'abréviateur de Trogue-Pompée a désigné ce héros sauvage, étant commun à tous les indigènes de la Belgique? Quant au nom de Belgis, il est idéal (4) et jamais il ne fut celui de Bavai, qui n'a subi de changements que ceux auxquels les mots sont assujettis en passant d'une langue dans une autre.

De quelque manière que l'on traduise *oppidis*, terme employé par César, dans l'endroit des *Commentaires* où il parle de sa conduite à l'égard des Nerviens qui n'avaient pas assisté au combat dans lequel la nation fut presqu'entièrement détruite, ou qui avaient échappé au carnage (5), on ne saurait disconvenir que ce mot n'y a qu'un sens vague, indéterminé, sans application à aucune localité connue. Sachant que les peuples de la Gaule

---

(1) Jacques de Guyse, *Chron. et Ann. etc.* V. 1, l. 2, c. 22. — Le mariage du prince Gurgont avec la reine Ursie est le sujet d'un chapitre de l'*Histoire Monumentaire du nord des Gaules, etc.*, par J. B. Lambiez, tome unique, p. 295.

(2) Ou Bolgius. — Moke, *Hist. des Francs*, p. 391, note 5.

(3) Justin, *Abrégé de Trogue-Pompée*, liv. 24, ch. 5.

(4) Bruzen de la Martinière, *Le Grand Dictionnaire géographique, historique et critique*, au mot *Belgis*.

(5) César, *De Bello Gallico*, lib. II, 28.

2

avaient des villes (1) et n'imaginant pas qu'il en fût autrement d'une des plus puissantes nations gauloises, César, qui voulait, après l'avoir à peu près anéantie, assurer à ses misérables restes l'intégrité du territoire qu'elle avait possédé, a pu exprimer cette volonté, comme il l'a fait, sans attacher à chaque mot une signification précise. Plusieurs interprètes, il est vrai, sont d'un avis contraire : écrivain aussi pur que grand guerrier, César, suivant les uns, n'usait que de termes propres à rendre exactement sa pensée, et celui que l'on juge susceptible de discussion, s'applique spécialement aux places qui, renfermant une population soit permanente, soit temporaire (2), étaient défendues par des remparts construits avec un art que le conquérant lui-même admira (3); selon les autres, l'auteur des *Commentaires* ayant défini, dans un autre endroit de son livre, l'expression dont il s'est servi, il faut comme lui l'entendre de quelques enceintes entourées de pieux, ou d'un fossé et d'une levée en terre (4), dans lesquelles, à l'approche de l'ennemi, s'entassait toute une peuplade, hommes, femmes, enfants, pèle-mêle avec le bétail (5).

En eût-il été ainsi dans la Nervie, ce ne serait pas une preuve que Bavai nommément existât au temps de la conquête (6); mais il est probable qu'avant leur défaite, les Nerviens n'avaient ni ville murée, ni refuge fortifié (7). Dispersés sur un vaste territoire, ils ne se réunissaient qu'au mall (8) ou sous leurs enseignes. Chaque famille vivait isolée dans sa cabane ceinte d'un sillon et d'un rang d'arbres, non pour en écarter l'ennemi, mais pour en éloigner les esprits enclins à nuire et la préserver des

---

(1) Suetone, *D. Julius Cæsar*, 54.

(2) Histoire universelle par une Société de gens de lettres, traduite de l'anglais. Gaules. — Du Rondeau, *Mémoire etc. qui a remporté le prix de l'Académie de Bruxelles en 1773.* — Etc., etc.

(3) Cesar, *De Bello Gallico*, l. VII, 23.

(4) Des Roches et l'abbé Amand, aux endroits cités. — Etc., etc.

(5) César, *De Bel. Gal.* l. V, 21.

(6) « Jules César n'avoit garde de parler de Bavais, qui n'estoit » point de son temps. » N. Bergier, *Histoire des Grands Chemins de l'Empire Romain*, liv. 1, ch. 26.

(7) Tacite, *De Moribus Germanorum*, 16.

(8) Le lieu où se tenaient les assemblées et où se rendait la justice.

ravages du vent (1). De même que les Germains, avec lesquels ils se glorifiaient d'avoir une origine commune, ils considéraient sans doute les villes comme des tombeaux (2). Leurs armes les avaient rendus trop redoutables pour qu'ils eussent rien à craindre de leurs voisins. Ils avaient subjugué et ils retenaient dans leur dépendance ceux dont la proximité aurait pu les inquiéter (3). Deux grandes rivières, d'épaisses forêts, des marais impraticables les séparaient des autres, et quels barbares auraient osé s'attaquer à une nation aguerrie, dont la valeur avait triomphé des Cimbres et des Teutons (4)? Les champs des Nerviens, clos de haies composées de jeunes arbres dont les branches entrelacées étaient entremêlées d'épines, hautes, touffues, impénétrables à l'œil (5), formaient autour des habitations des labyrinthes plus inaccessibles qu'un amas de cabanes bordé d'une palissade ou d'un retranchement. Enfin, s'il y avait eu dans leurs limites quelque enceinte habitable et à l'abri d'un coup de main, il semble qu'elle aurait été pour leurs femmes, leurs enfants, leurs vieillards, un asile, sinon plus sûr, au moins plus commode et plus convenable que les marécages bourbeux, pleins de flaques d'eau et d'une fange nauséabonde où ils les avaient relégués (6).

Le nom de Bavai n'en dénote point l'origine. Il existe en France, et même dans toute l'Europe, quantité de villes, de communes rurales et d'autres localités fondées par les Romains et dont les noms néanmoins sont étrangers à leur langue. Ceux des *mansions* ou des *mutations* érigées le long des grandes voies romaines, dans toutes les provinces de l'ancienne Belgique, sont, à peu d'exceptions près, des noms barbares, allongés d'une désinence latine (7), et toutefois on ne peut douter que l'établissement de la plupart de ces stations ne fût postérieur à celui des chaussées qu'elles bordaient.

(1) Tacite, ubi supra. — *Indiculus Superstitionum et Paganiarum*, 23, *De Sulcis circa villas.*
(2) Ammien Marcellin, lib. XVI.
(3) César, *De Bel. Gal.* l. V, 39.
(4) Ibidem, l. II, 4 et 15.
(5) Ibid. l. II, 17.
(6) Ibid. l. II, 28.
(7) *Fussiacum, Duronum, Verbinum, Catusiacum, Minaticum,*

Selon les conjectures les plus vraisemblables, la fondation de Bavai remonte aux premiers temps de l'occupation romaine. On sait que César, en quittant la Belgique, où il ne devait plus reparaître, y laissa quatre légions sous le commandement de Trébonius (1). Destinées à retenir sous le joug des peuples aspirant à recouvrer la liberté, elles furent indubitablement réparties sur les terres de ceux dont les dispositions inspiraient le plus de défiance, et la Nervie ne dut pas être omise (2). Les troupes qui l'occupèrent assirent leur camp, si du moins il est possible d'en juger par les apparences, sur le plateau où s'éleva depuis la capitale de cette contrée (3).

Aux tentes des légionnaires succédèrent des habitations plus stables et le sol se trouva couvert d'une bourgade fortifiée. Les préposés du fisc, les délégués de l'administration y étaient établis (4). Plusieurs familles romaines s'y fixèrent. C'est ainsi que se forma Bavai, dont le nom *Bagacum* est composé des deux mots celtiques *Baga* (troupe) et *ac* (bourg) qui, réunis, signifient un assemblage de demeures renfermant une multitude de personnes (5). Les Nerviens n'avaient pas de terme pour désigner une popu-

---

Axuennam, Vodgoriacum, Geminiacum, Perniciacum, Hermoniacum, le long des grandes voies romaines de Bavai à Reims, à Cologne, à Cambrai, etc.

(1) *Cesar, De Bel. Gal.* l. VIII, 54.

(2) . . . . Nimiumque rebellis
   Nervius.
                         Lucain, *Pharsaliæ,* lib. 1.

(3) A. G. B. Schayes, *Les Pays-Bas avant et durant la Domination Romaine,* liv. 1er, 2e partie, ch. 9.

(4) Des Roches, *Histoire ancienne des Pays-Bas, etc.* liv. 1er, ch. 3.

(5) « Le mot *Bagaude* a été fait du Gaulois *Bagad* ou *Bagat,* qui si- » gnifie troupe. » *Dictionnaire Etymologique de la Langue françoise,* au mot *Bagaude.* Du Cange, *Glossarium ad Scriptores Mediæ et Infimæ Latinitatis,* écrit *Baga* et c'est apparemment la véritable orthographe de ce mot, quelle qu'en soit d'ailleurs l'acception, puisque dans ceux qui en sont dérivés, tels que *Bagarre, Bagasse, Bagaude,* l'*a* n'est suivi ni d'un *d* ni d'un *t.* « L'*ac* des Gaulois, dont les Romains firent » *acum,* en donnant à ce mot une terminaison latine, est le synonyme » de *Vicus,* bourg, et exprime les circonstances d'une population ag- » glomérée. » *Dissertation sur* Belisana, *déesse des Gaulois,* par M. le

lation agglomérée dans une enceinte circonscrite, ils y suppléèrent par une alliance de mots que les Romains convertirent en nom propre, en y ajoutant une terminaison latine.

Ramené dans les Gaules, livrées à l'anarchie et qu'il avait explorées dans un premier voyage, Auguste en changea le régime et y créa de nouveaux offices (1). L'un des écrivains qui ont répandu le plus de lumières sur l'histoire de la Belgique, a pensé que la Nervie avait été érigée en province prétorienne et que Bavai était devenu le siège d'un président (2). C'était se faire des lieux une trop haute idée : la Nervie, alors sauvage, inculte, dépeuplée (3), n'a jamais eu ni l'étendue ni la prééminence d'une province romaine, et Bavai, encore loin d'être ce qu'il fut dans la suite, n'était pas une ville de premier ordre. Les Nerviens, qui avaient été déclarés libres, conservaient au moins une ombre de liberté que l'on ne songea pas à leur ôter (4). Pourvu qu'ils payassent les impôts; qu'ils acquittassent les contributions en hommes, en argent, en bétail, en denrées, en travaux (5), il leur était loisible de se gouverner suivant leurs lois et leurs usages. Toutefois, l'Empereur eut soin d'avoir, chez les peuples qu'il laissa jouir d'une telle prérogative, des représentants qui veillassent aux intérêts de l'Empire et en réglassent les affaires. On ne sait qui exerça de telles fonctions dans la Nervie, ni de quel titre cet agent du pouvoir fut décoré, mais on ne saurait douter qu'il n'ait eu sa résidence à Bavai, avec une multitude d'officiers et d'employés subalternes.

Cette ville ayant acquis par là plus d'importance dut prendre un accroissement proportionné. Elle était assez considérable déjà lorsque Tibère, après son adoption, se porta vers le Rhin,

---

baron Chaudruc-de-Crazannes, insérée dans le tome VI. nouvelle série, des *Mémoires et Dissertations* de la Société Royale des Antiquaires de France.

(1) Les auteurs ne sont parfaitement d'accord ni sur la date de ce voyage, ni sur les innovations opérées dans les Gaules par Auguste.

(2) Des Roches, *Hist. anc. des Pays-Bas Autr.*, liv. I, ch. 3.

(3) A. G. B. Schayes, *Les Pays-Bas etc.*, t. I, 2e part., ch. 5.

(4) « Nervii liberi. » Pline l'ancien, l. IV, c. 17.

(5) Raepsaet, *OEuvres complètes*, tome 3, page 187.

pour qu'il ne dédaignât pas d'y faire une entrée solennelle (1).
Personne n'ignore quel luxe étalaient dans leurs constructions
ces Romains qui applanissaient les montagnes et comblaient les
mers pour y bâtir des maisons aussi vastes que des villes ; qui
couvraient des champs entiers d'édifices dont les murs, incrustés
des marbres les plus précieux, resplendissaient au loin, et où
l'or étincelait jusque sur les toits ; on peut donc croire sans peine
à la somptuosité des lieux où ils avaient des établissemen s (2).

Néanmoins on aurait tort de s'imaginer qu'une ville du nord
des Gaules ressemblât à la capitale du monde, et on prendrait
de l'ancien Bavai une idée fort inexacte en se le représentant
sous les traits de l'ancienne Rome. De magnifiques palais d'une
architecture élégante et noble, s'élevant çà et là au milieu de
divers groupes de huttes gauloises couvertes de longs toits en
cônes, dont les pointes allaient se perdre dans le feuillage des
arbres destinés à les abriter ; de larges voies militaires aboutis-
sant à un centre commun dans une place garnie de portiques ;
quelques temples et d'autres édifices consacrés à des usages publics, composèrent d'abord la future capitale de la Nervie.

Elle se remplit d'esclaves, de trafiquants, de mimes, de ta-
verniers, de courtisanes. Les chaumières, qui cédèrent peu à
peu le terrain à des demeures plus sortables, disparurent tout-
à-fait des lieux où se rassemblait une partie de la population
pour traiter d'affaires, et pour apprendre les nouvelles. Là, au
milieu d'hommes graves, fastueux, empressés, vêtus à la romaine, parlant la langue des compagnons de César, on eût pu
se croire dans quelque ville de la Campanie, transportée comme
par enchantement sous le ciel nébuleux de la Belgique.

Il est présumable que Bavai, d'une médiocre étendue dans
l'origine, s'agrandit progressivement, mais il n'est pas possible
aujourd'hui d'en déterminer les limites (3). Les décombres et les
fragments de tuiles disséminés autour de la ville moderne, à un
myriamètre de rayon, ne prouvent pas que la ville antique
comprît un aussi vaste espace ; car les décombres des bâtiments

(1) Les PP. Delewarde et Lambiez, P. J. Heylen, M. J. De Bast,
donnent à cette entrée la date de l'an 12 de l'ère chrétienne.

(2) Saluste. *Catilina*, 13 ; Sénèque, *Epistola*, 114.

(3) Selon le P. Boucher, *Belg. Rom. etc.*, l. XVI, c. 7, l'antique en-

du dehors, soit des maisons de campagnes, soit des maisons
des faubourgs, peuvent se trouver maintenant confondus avec
ceux des édifices de l'intérieur. Les puits ne sont pas un indice
plus sûr, puisque l'eau n'était pas moins nécessaire aux habitations dispersées dans les champs qu'aux habitations agglomé-
mérées dans les murs de la place.

Quoi qu'ait pu se figurer le savant (1) qui, dans la persuasion
que Bavai contenait tout ce qui fit la grandeur et l'ornement de
la capitale de l'Empire, dont il le jugeait l'émule, lui donna le
nom pompeux de *Rome des Belges*, il n'est pas probable que cette
ville ait jamais eu ni capitole (2), ni champ de Mars (3); mais
elle avait effectivement des thermes, un cirque, peut-être plusieurs *forum*, des basiliques, un ou plusieurs théâtres et d'autres édifices publics, parmi lesquels les temples tenaient, sans
doute, le premier rang.

Le *forum*, ou, si l'on veut, le principal *forum* de Bavai,
était la vaste place au milieu de laquelle plusieurs grandes voies
allaient aboutir, ou plutôt, se croiser et former une magnifique

ceinte de Bavai avait trois fois, au moins, l'étendue de l'enceinte moderne. — « Bavai avait. suivant la tradition d'un auteur, 1.200 toises
» de l'orient à l'occident et 1,800 du nord au midi, du temps des
» Romains ; un autre affirme que vers cette époque, elle était sept fois
» plus grande qu'aujourd'hui ; ce qui est certain, c'est qu'en fouillant
» dans les campagnes qui environnent cette cité, on trouve des fonda-
» tions d'anciennes habitations qui ne sont plus dans la direction des
» routes actuelles et qui attestent son antiquité et sa grandeur.....
» Du pont de Moulcon à Bellignies il y a près de deux lieues, de
» Buvignies à Malplaquet par Taisnières on compte la même dis-
» tance ; entre ces communes se trouvent les villages de Louvignies,
» Houdain, Audignies et autres dont le territoire est rempli d'antiqui-
» tés romaines. » A. Niveleau, *Bavay ancien et moderne*. Mss. Cet
ouvrage, accueilli par l'Académie, est une collection de dessins, crayon-
nés sur les lieux, avec quelques pages d'explications. — M. J. De Bast,
second *Supplément au Recueil d'Antiquités, etc.* Page 14.

(1) Aubert Lemire, *Rerum Belgicarum Annales*, 2e siècle.

(2) P. J. Heylen, *Mémoires de l'Académie de Bruxelles*, 2e édition,
tome 4.

(3) Le P. Boucher, *Belgium Rom. etc.*, l. XVI, c. 7.

étoile. Ouverte de toutes parts, accessible de tous les quartiers, rendez-vous obligé de tous les voyageurs, une telle place devait être singulièrement favorable au débit ; aussi est-il à croire que ceux qui avaient des denrées ou d'autres marchandises à vendre, les y faisaient étaler. La nécessité d'un abri, plus sensible dans une atmosphère humide, sombre, pluvieuse, chargée de frimats une grande partie de l'année, que sous le beau ciel de l'Ausonie, dut rappeler aux Italiens les galeries en arcades du *forum* ou des marchés de Rome, et celui de Bavai en fut probablement garni.

M. V. Agrippa, chargé par Auguste de la défense et du gouvernement des Gaules, avait fait diriger par Bavai, qui commençait alors à se former, les grandes voies au moyen desquelles il rattacha les bords du Tibre à ceux du Rhin et la mer d'Etrurie à l'Océan britannique (1). A celles-là les successeurs d'Auguste en ajoutèrent d'autres. Toutes se joignaient dans la ville sur un même point où s'élevait la colonne par laquelle commençait chaque suite de milliaires destinés à marquer les distances. De là, ces différentes voies tendaient, quelques unes vers le Rhin ; quelques autres vers l'Océan ; d'autres encore vers la Batavie ; d'autres vers les Alpes, les Appennins, les Pyrénées (2).

On n'en voit plus que de loin en loin quelques tronçons délabrés de plusieurs kilomètres, ou de simples traces marquées par de longs et profonds ravins. Charlemagne, en établissant des postes pour faciliter les communications avec l'Allemagne, l'Italie, l'Espagne, fit restaurer plusieurs des anciennes voies romaines (3) que l'on entretint soigneusement tant qu'il vécut. Mais elles furent tellement négligées, après sa mort, qu'elles n'avaient laissé dans les esprits que des souvenirs confus, quand on supposa, il y a plusieurs siècles, que celles de Bavai avaient été au nombre de sept (4), erreur qui s'accrédita en vieil-

---

(1) Strabon, l. IV. — N. Bergier, *Histoire des Grands Chemins de l'Empire Romain*, liv. 1, ch. 15 et 29 ; l. 3, c. 59.

(2) Le P. Boucher, *Belg. Rom.*, etc., l. 1, c. 12.

(3) N. Bergier, *Hist. des Grands Chem. de l'Emp. Rom.*, l. IV, c. 4. — *Répertoire univ. de Jurisprudence*, article *Chemin*.

(4) Dans ces siècles d'ignorance, le nombre sept passait pour un

lissant, et que le socle eptagone de l'aiguille érigée dans la marché actuel de cette ville, portant sur chaque face l'indication d'une voie antique, tend à perpétuer (1).

D'autres erreurs ont été occasionnées par la dénomination de *chaussées Brunehault* qui, dans plusieurs contrées, distingue les voies romaines des grands chemins plus modernes. Ces magnifiques chaussées passèrent longtemps pour une œuvre de Brunehault l'archidruide, l'un des successeurs du roi Bavo (2); et l'on en fit honneur à la reine d'Austrasie, Brunehault, lorsque l'on cessa de croire à ces princes fabuleux. Toutefois, on ne tarda pas à reconnaître que la reine d'Austrasie ne les avait pas fait construire, mais on se persuada qu'elle les avait du moins fait réparer ; sans que ces diverses opinions aient eu d'autre fondement qu'une homonymie à laquelle on voulut assigner un motif.

Aucun des contemporains de Brunehault, ni Venance Fortunat qui, pour célébrer ses graces et sa beauté, épuisa toutes les

---

nembre mystérieux. L'abbé Bergier, *Dictionn. de Théologie*, au mot *Sept.*—D. Ramée, *Man. de l'Hist. gén. de l'Architecture. Introduct. Du nombre Sept.*

Le P. Boucher, *Belg. Rom., etc.*, l. 1. c. 12, désigne huit chaussées. D'Outreman, *Hist. de la ville et comté de Valentiennes*, l. I, ch. 1, et Pierre Le Boucq, *Hist. de la Terre et Vicomté de Sebourg,* 2ᵉ partie, ch. 2, en ajoutent une neuvième.

(1) « Au milieu de la place est une pyramide de mauvais style, ayant
» au-dessus du piédestal, un socle à sept faces ou pans sur lesquels
» sont marquées les sept chaussées romaines....... Cette pyramide fut
» élevée en 1816 par les soins de feu M. Carlier..... » (A. Niveleau,
Bav. anc. et moderne.) Bovel dit que celle de son temps supportait une table de marbre. (N. Bergier, *Hist. des Gr. Chem. etc.*, l. I, c. 26.) Elle était aussi en pierre, de même que celle qui fut érigée vers le milieu du XVIIᵉ siècle. La nouvelle pyramide n'occupe pas la place de celles qui l'ont précédée. « Elle n'indique donc pas l'emplacement de
» l'ancien milliaire, qui pourtant n'en est peut-être pas éloigné. » (A. Niveleau.)

(2) *Rex septem Calles immensos, regna petentes*
  Jussit, et in gyrum per totum pergere mundum.
                            N. Ruclery.

hyperboles de la poésie (1), ni Grégoire de Tours, qui vante ses vertus et ses rares qualités (2), ne lui attribue soit la construction, soit la réparation des chaussées qui portent le même nom qu'elle, et si cette princesse s'était occupée en effet de pareils travaux, leur silence sur un tel sujet serait au moins étrange. Objectera-t-on qu'elle survécut à ces deux prélats? Mais le silence d'Aimoin, qui n'écrivit que plus d'un siècle après la mort de Brunehault, et qui admire qu'une reine dont la domination ne s'étendit pas au-delà des limites de l'Austrasie et de la Bourgogne, ait néanmoins construit de nombreux édifices dans d'autres contrées de la France (3), serait encore plus inexplicable. On lit dans la chronique de Saint-Bertin, rédigée dans le XIVᵉ siècle, par l'abbé Iper ou Iperius, que Brunehault, outre beaucoup d'autres merveilleux ouvrages, a fait faire la chaussée de Cambrai à Witsand, par Arras èt la Morinie (4). L'opinion de l'abbé de Saint-Bertin, que Robert Gaguin, Jean Du Tillet, Ferri de Locre adoptèrent, eut peu de partisans, mais Jacques Malbrancq et Adrien de Valois en conclurent que Brunehault avait du moins fait réparer les voies romaines encore visibles dans les lieux où elle exerça son pouvoir (5). Cette conjecture, que beaucoup d'écrivains belges et français accueillirent et généralisèrent, en l'étendant à toutes les chaussées du nom de *Brunehault*, prit sous leur plume la consistance d'une vérité historique. N. Bergier en démontra l'invraisemblance (6). Dreux du Radier et le dernier éditeur de son livre ajoutèrent un nouveau degré d'évidence à cette démonstration (7). « Ses » monuments, sa puissance et son malheur avaient fait une im- » pression si profonde dans l'esprit des hommes qu'on lui attri- » bua ensuite un grand nombre d'ouvrages qui n'étaient point » d'elle. Tout ce qu'on rencontrait de grand, de fort, de dura-

---

(1) Venan. Fortunat, *Carminum, etc.*, liv. VI. *De Nupt. Sigebert Reg. etc.*

(2) Grég. de Tours, *Historiarum*, l. IV, c. 27.

(3) Aimoin, *Hist. Francor.*, l. IV, c. I.

(4) Iperius, *Chron. Sti. Bertini.* p. IV.

(5) Malbrancq, *De Morin. et Morinor. Rebus*, liv. 1, c. 12.

(6) Nic. Bergier, *Hist. des Gr. Chem. etc.*, l. I, ch. 27.

(7) Dreux du Radier, *Mém. hist. et anecd. sur les Reines et Régentes de France, Compar. de Frédégonde et de Brunehault*, et Note de l'éditeur.

» ble prenait le nom de Brunehault. Il y a en Belgique et peut
» être encore dans d'autres provinces, des *chaussées de Brune-*
» *hault* dont les larges pavés et la construction inébranlable sem-
» blent plutôt signaler un ouvrage romain (1). »

Le nombre des divinités de toutes grandeurs, en pierre, en
marbre, en bronze, en ivoire, en terre cuite, que l'on a ex-
humées et que l'on exhume encore, soit dans Bavai, soit aux
alentours, est incalculable. Il semble que les temples aussi durent être nombreux, et toutefois les dieux eux-mêmes en sont
les seuls débris apparents, à moins que les masures découvertes
en 1772, dans un champ au midi des remparts, ne fussent des
ruines d'un de ces édifices.

Elles consistaient en quelques restes d'arcades et en plusieurs
parties de murailles dont on parvint à détacher un pan, haut
d'un peu plus de 2 mètres, long de 4 mètres, épais de 66 centimètres, qui fut transporté dans la ville. Il était en pierres entremêlées de briques, liées avec un ciment d'une extrême dureté
(2). Trois niches en occupaient l'une des faces. La voûte de la

---

(1) Simonde de Sismondi, *Hist. des Français,* tome I, page 445.

« On sait combien d'objets intéressants et précieux pour l'archéolo-
» gie les fouilles faites à Bavay ont déjà mis à jour. Dans la partie où
» elles s'exécutent aujourd'hui (*en* 1843), on a découvert un grand
» nombre de voies qui se croisent en tous sens...... Ce qui me fait sup-
» poser que ces chemins sont les rues de l'ancienne Bavay, c'est qu'ils
» se croisent à des intervalles très-rapprochés, et qu'ils entourent la
» ville actuelle de leurs réseaux. » (M. Ternisien, dans la *Revue générale d'Architecture, etc.,* 5e année, 4e No ; et le *Mémorial Encyclopédique,* No 168.)

Il parait indubitable que ces voies, quelle qu'en fût la destination,
étaient bordées de bâtiments dans l'intérieur de la ville ; toutefois,
l'on n'a remarqué que peu de vestiges d'édifices le long de celles qui
ont été récemment découvertes.

(2) M. J. De Bast (*Second Supplément etc.,* p. 25) donne les détails
suivants : « On reconnut hors des remparts actuels de la ville à l'ouest,
» dans le quartier dit le *Bisoir,* au milieu des terres, les fondations
» d'un vieux édifice de forme presque ronde. C'étaient visiblement les
» masures d'un temple, consacré aux Dieux du Paganisme. Plusieurs
» savans prétendent que c'était le Panthéon; le diamètre en était d'en-
» viron cent seize pieds ; les restes des murs menaçaient ruine. On y

niche du milieu était angulaire, celles des deux autres étaient cintrées; le fond de chacune était orné d'une figure peinte à fresque. La figure de la niche du milieu représentait Mercure, un caducée dans une main, une bourse dans l'autre, un coq à ses pieds; on voyait dans la niche de droite la Fortune avec ses attributs, la corne d'abondance, le gouvernail et la roue; dans la niche de gauche, l'oiseau de Minerve reposant sur une guirlande de fleurs. Les couleurs avaient été mises à plat, sans nuances et sans ombres. Il existait dans la partie inférieure du mur, au-dessous de chaque niche, une excavation arrondie en voûte. Ce morceau curieux, dont la conservation était due à M. Carlier, ancien curé de Bavai et antiquaire distingué, fut transporté, après la mort de ce vénérable ecclésiastique, dans un verger où il demeura exposé à toutes les intempéries de l'air. Ceux qui l'avaient contemplé auparavant ne revirent, au bout de peu d'années, à l'endroit où il avait été relégué, qu'une masse informe, n'offrant plus d'autre intérêt que celui qui s'attache à un souvenir. La niche du milieu avait été retranchée et il ne restait dans celles de droite et de gauche, qui avaient été rapprochées l'une de l'autre, aucune trace des peintures auxquelles cette antique devait tout son prix. La légère couche de plâtre qui supportait ces peintures était tombée, partie en petites écailles, partie en poussière, en sorte que la maçonnerie se montrait à nú.

» distinguait encore les débris de cinq ou six arcades, et un pavé d'une » forme admirable en mosaïque. Mais ce qui est plus intéressant, » c'était un ouvrage de maçonnerie en briques, détaché de l'autre bâ- » timent, qui était assez bien conservé. » Ces lignes renferment plusieurs erreurs que M. Carlier, témoin oculaire de la découverte et qui présida aux fouilles, relève en ces termes, dans des notes manuscrites sur le *Second Supplément* de M. De Bast : « A l'ouest. C'est au midi. » Le temple n'est pas rond mais plat et détaché de tout autre bâtiment » voisin. — Je n'ai vu d'autres arcades que les trois susdites, point » de mosaïque. — Ce n'est point en briques, mais en pierre entremê- » lées de briques. » M. J. De Bast a dû s'en tenir plus d'une fois à des renseignements dont il ne lui a pas été possible de vérifier le plus ou le moins d'exactitude. La gravure qu'il a jointe à son ouvrage représente, avec fidélité, le pan de mur que M. Carlier avait fait détacher des ruines.

Bavai eut, comme d'autres villes, ses dieux tutélaires, ainsi que le prouve cette inscription :

NERVINIS
C. IVL. ˉERꚍVS
V. S. L. M. [1]

On ne sait toutefois quels étaient ces dieux ; s'ils étaient indigènes ou exotiques, gaulois ou romains, ou s'ils n'étaient pas plus vraisemblablement de ces dieux métis s'accommodant à tous les cultes, tels qu'un Taranis armé des foudres de Jupiter, un Camul couvert des armes de Mars, une Freia entourée du cortège de Vénus, une Belisana portant le casque, l'égide et la lance de Minerve (2). Les Nerviens, avant d'avoir adopté une religion étrangère, ne reconnaissaient qu'un dieu suprême qui, ayant le soleil pour demeure, se plaisait sur la cime des chênes, dans la ténébreuse épaisseur des forêts, où ils lui offraient de sanglants sacrifices. Ils rendaient un culte aux esprits des airs, des bois, des hauteurs, des fontaines, les invoquaient et leur adressaient des vœux ; mais ils ne leur consacraient ni temples, ni autels (3).

Il n'est point douteux que Bavai ne renfermât des thermes, ou des bains communs ; les habitudes des Romains les leur rendaient nécessaires. Des curieux crurent en reconnaître les vestiges dans les masures et les excavations que recouvre l'église paroissiale et qui parurent à découvert lors de la reconstruction de cet édifice, vers la fin du XVIe siècle (4) ; mais ces ruines

---

(1) C. Julius Tertius aux Dieux Nerviens. » M. J. De Bast, *Second Supplém. etc.*, p. 31.

Cette inscription, qui était gravée sur un fragment de marbre blanc, est insérée dans le Recueil du Comte de Caylus.

(2) Améd. Thierry, *Hist. des Gaulois*, part. II, ch. 1 ; A. Hugo, *France hist. et monumentale*, liv. III, ch. 1, etc.

(3) César, *De Bel. Gal.*, l. VI, 31 ; Tacite, *De Morib. Germ.*, 9 ; Celse, cité par Dom Martin, *La Religion des Gaulois*, liv. I, ch. 4 ; Agathias, *De la Guerre des Goths*, t. I ; Pelloutier, *Hist. des Celtes*, liv. III, ch. 12 ; De Chiniac de la Bastide, *Discours sur la Nature et les Dogmes de la Religion Gaul.*, etc., etc.

(4) Aub. Le Mire, *Rer. Belgic. Ann.*, 2e siècle ; Le P. Boucher, *Belg. Rom. etc.*, t. XVI, c. 7.

étaient si informes que d'autres curieux les considérèrent comme
celles d'un amphithéâtre (1). Aussi la description des bains de
Bavai insérée dans différents ouvrages n'est-elle apparemment
qu'un jeu de l'imagination. En fouillant dans le voisinage de
l'église, en 1830, les ouvriers occupés à ce travail dégagèrent
d'entre les décombres qui l'obstruaient, à plus de 2 mètres 50
centimètres de profondeur, sous un pavé de larges dalles de
pierre bleue, un hypocauste encore à peu près entier (2). Peut-
être avait-il servi à chauffer l'eau pour les bains chauds ou les
bains de vapeur; mais un hypocauste pouvait avoir une autre
destination, et la dénomination de *rue des bains* conservée par la

---

(1) M. J. De Bast, *Second Supplém. au Rec. d'Antiq.*, etc., p. 19.

(2) Le plan figuratif de cet hypocauste est compris dans les dessins
du *Bavay anc. et mod.* d'A. Niveleau.

M. Ternisien en a donné la description suivante :

« Largeur, 9^m,50 ; profondeur, 7,20 ; hauteur, 0,90 ; distance des
» piliers, 0,41 ; équarrissage de ces piliers, 0,22 : ils se terminent, à
» leur sommet, par deux briques plus grandes que les autres ; la pre-
» mière a 0,30 carrés, la seconde 0,45, et soutiennent un plafond formé
» de grandes briques, ayant 0,57 carrés. Dans le milieu de la largeur
» se trouve une voûte qui aboutit à l'hypocauste, elle a 1,10 de lar-
» geur.

» Les briques formant les piliers sont jointes avec de la terre glaise,
» excepté les deux du haut qui le sont avec du ciment. L'aire est com-
» posée d'une couche de ciment épaisse de 12 ou 15 centimètres.
» Au-dessus des grandes briques qui forment le plafond, il existe
» également une couche de ciment de la même épaisseur.

» Contre les murs latéraux, revêtus également d'une couche de ci-
» ment, viennent s'ouvrir, dans l'hypocauste, des tuyaux en terre cuite
» très-rapprochés les uns des autres (ils se touchent): le mur en est
» privé. Les murs au haut desquels il existe des tuyaux sont chargés
» d'une forte couche de suie, ainsi que l'entrée de ces tuyaux. On ne
» remarque pas de traces de feu dans la voûte, mais à son point de
» jonction avec l'hypocauste, on reconnait dans les lézardes qui exis-
» tent dans la maçonnerie de la suie en assez grande quantité.

» Il n'y avait probablement aucune autre entrée que cette voûte ;
» on ne pourrait cependant pas l'affirmer, car il existe quelques ébou-
» lements qui empêchent de visiter en entier l'un des côtés. Au-dessus
» de cet hypocauste, existe une partie d'appartement, formant la cave
» du sieur B... .., dallée avec de grands carreaux de pierre bleue,
» qu'on trouve dans le pays. » (*Mémorial Encyclopédique*, N° 168)

tradition à une rue plus éloignée du centre de la ville moderne semble indiquer soit un autre emplacement, soit d'autres ther_ mes. Plusieurs carreaux de terre cuite, empilés, paraissant provenir de la démolition de quelque hypocauste, avaient déjà été trouvés ailleurs.

Il n'y a dans les environs, à un éloignement assez considérable, que de faibles cours d'eau. On réussit à s'en procurer en creusant des puits, et, plus tard, il en fut amené d'une fontaine située à plus de deux myriamètres de distance, par un aqueduc dont les ruines excitent l'admiration de ceux qui les visitent (1). Le terrain, dans ce long trajet, étant accidenté et inégal ; le canal qui servait de conduit passait sous terre dans les lieux élevés, et il était supporté dans les fonds par des piliers ou des murs ; il traversait la Sambre et allait enfin déverser dans Bavai une eau fraîche et limpide ; mais on ignore quelles étaient la situation, la forme, les dimensions du bassin qui la recevait, à quel usage elle était surtout employée, comment et par où s'en écoulait le superflu. Quoique la source en fut abondante, les puits se multiplièrent. La plupart ont été comblés ; mais ils étaient si nombreux que ceux qui fournissent aujourd'hui aux habitants l'eau nécessaire à leurs besoins sont des puits antiques (2).

On descend de quelques endroits de la ville, en s'enfonçant à plusieurs mètres sous les caves, dans des souterrains spacieux qui fuient, s'étendent, se prolongent, sans que l'on puisse savoir, à cause des éboulements qu'on y rencontre, quel en est le terme. Ils ont cinq mètres de large, et deux mètres de haut. Les murs et la voute sont en moellons. La maçonnerie en est aussi unie que solide. Ils passent généralement pour d'anciennes cloaques (3), quoique l'on ignore où ils aboutissaient, et que

---

(1) Aub. Le Mire, le P. Boucher, aux lieux cités ; M. J. De Bast S. S., p. 15 ; etc. Le P. Boucher a cru que cet aqueduc était alimenté par dix sources ; c'est une erreur, il ne recevait d'eau que d'une seule fontaine.

(2) « Cinq grands puits suffisent aux besoins des habitans qui en » outre ont presque tous des citernes chez eux. » A. Niveleau, *Bavay anc. et moderne.*

(3) Le P. Vinchant, *Annales de la Province et Comté d'Haynau,* liv. II, ch. 5 ; M. J. De Bast, *S. S.,* page 17. « En creusant dans Bavay

Bavai n'ait pas, comme Rome, un fleuve où pût s'en opérer la décharge.

On découvrit, en 1842, en dehors et au sud-ouest des remparts, une vaste et profonde voirie, traversée par un pont de bois, remplie d'une sorte de terreau compacte et inodore (1); mais on n'y remarqua aucune communication avec les souterrains ouverts sous la ville, auxquels on ne connait pas d'issue.

Les cloaques, les aqueducs et les grandes voies étaient, selon Denis d'Halicarnasse, les plus magnifiques ouvrages de Rome et ce qui en marquait le plus visiblement la puissance (2). On conçoit qu'en effet de semblables travaux n'ont pu s'exécuter qu'au sein d'une ville riche et populeuse, et Bavai, lorsque ceux dont il conserve des restes si considérables furent entrepris, devait avoir atteint à un haut degré de prospérité et de splendeur. Peut-être aussi comptait-il déjà plusieurs siècles d'existence et avait-il, dans le cours d'une longue période féconde en révolutions, éprouvé toutes sortes de vicissitudes; mais l'histoire ne s'en est pas occupée (3). Tacite, qui a flétri la conduite des Nerviens, engagés

---

» pour quelques nouvelles constructions à établir, on est certain de » rencontrer des conduits souterrains, des cloaques...... La tour de » l'église porte sur une des galeries souterraines. On en trouve une » autre dont l'ouverture comblée se voit dans la cave du .... » faisant angle de la rue de l'Hôpital et de la place S. Maur. » A. Niveleau. *Bavay anc. et moderne.*

(1) M. J. De Bast avait probablement ce réceptable d'immondices en vue dans ce passage : « Le quartier du château et verger de Lou-» vignies montre les traces d'un grand conduit destiné à faire écouler » les immondices de la ville dans un lac contigu. » *Sec. Suppl.*, p. 48.

(2) Denis d'Halicarnasse, *Antiquités Romaines*, l. III, 101.

(3) Le P. Boucher croyait que Bavai pouvait être, aussi bien que Tongres ou Trèves, l'endroit où Lollius pensa être surpris par les barbares qui, ayant franchi le Rhin (l'an de Rome 736), s'avancèrent dans la Belgique en la ravageant. *Belg. Rom., etc.*, liv. I, c. 14.

Lollius commandait dans la Germanie cisrhénane lorsqu'elle se trouva tout-à-coup envahie par des Sicambres, des Usipètes, des Tenctères qui, dévastant tout ce qui s'offrait à leur rencontre, répandirent au loin la terreur et la désolation. Les troupes qui tentèrent de leur barrer le passage furent mises en déroute et refoulées jusqu'à la résidence de Lollius qui, moins occupé des intérêts de l'Empire que des siens

dans la révolte de Civilis, ne dit pas quel fut, durant cette crise, le sort d'une ville romaine située sur les terres des rebelles. Battus, décimés, réduits à l'obéissance et presque à l'esclavage par Fabius Priscus, Les Nerviens subirent la loi qu'il plut au vainqueur de leur imposer (1). Tout porte à croire que la Nervie ayant été assujettie au régime commun des cités gauloises, Bavai, qui en concentra dans ses murs les divers pouvoirs, en devint dès lors véritablement la capitale.

Cette ville, avec la Gaule entière, secoua le joug de Gallien dont les turpitudes et l'infamie excitèrent un soulèvement universel (2). Si la quantité de médailles à l'effigie de Posthume qu'on y a trouvées n'est pas une preuve du dessein, qu'un moderne prête à ce prince, d'y établir le siège de l'Empire (3), c'est au moins un indice de la soumission qu'il sut y obtenir. Il faut conclure aussi du nombre des médailles de Victorin et de Tetricus, disséminées dans la contrée, qu'elle resta soumise aux souverains éphémères qui se succédèrent si rapidement qu'on eut à peine le temps de les reconnaître ; à Lollian, l'assassin de Posthume ; à Victorin, dont l'incontinence causa la perte ; au maréchal-ferrant Marius, doué d'une force si prodigieuse qu'il arrêtait du doigt un char lancé dans la carrière. Proclamé un jour, le lendemain revêtu de la pourpre, il fut massacré le surlendemain. Tetricus, plus heureux, obtint, au prix de la couronne impériale, une des premières magistratures de l'Empire. Deux femmes se distinguèrent, dans ces temps de désordre, par l'énergie et le courage mâle qu'elles déployèrent : l'une était la célèbre Zénobie ; l'autre Victoire, ou Victorine, surnommée la Mère des camps (4).

Tout rentra dans l'obéissance sous Aurélien (5), et Bavai suivit

---

propres, faillit d'être enveloppé par un ennemi qu'il n'attendait pas. (Dion Cassius, *Auguste*, 50 ; Suétone, *Octave-Auguste*, 23 ; Velleius Paterculus, l. II, 97.)

(1) Tacite, *Historiarum*, l. IV, 55 et 79.

(2) Trebellius Pollion, *Posthumus*.

(3) Wendelin, *Natale Solum Legum Salicarum*, c. 7.

(4) Trebellius Pollion, *Lollianus, Victorinus, Marius, Tetricus Senior, Zenobia, Victoria*.

(5) Vopiscus, *Divus Aurelianus*.

le cours de ses destinées. L'industrie, le commerce, les arts y fleurirent. Le goût du faste, l'amour du luxe s'y naturalisèrent, sans néanmoins en exclure le sentiment du beau et du grand.

On y admire les ruines d'un cirque de 277 mètres de long sur 92 mètres 33 centimètres de large (1). L'arène était un rectangle de la longueur de 180 mètres et de la largeur de 86, bordé à l'est par le corps de bâtiment qui formait le derrière du frontispice. Deux galeries parallèles, séparées par une file de piliers carrés, régnaient le long de chacun des trois autres côtés. Elles étaient éclairées par des abat-jour, ornées de statues et décorées de pein-

---

(1) Le P. Boucher, *Belg. Rom. etc.*, l. XVI, c. 7. — « .... Un cirque » magnifique de 900 pas environ de longueur, sur 300 de largeur. » *Encyclopédie de Diderot et Dalembert, Supplément*, au mot *Bavay*. — « Le cirque.... avoit 1,116 pieds de longueur, et 276 de largeur, en » tout 12,320 pas géométriques. » Le P. Lambiez, *Dissertation sur les Colonies Romaines répandues dans les Pays-Bas*, p 25. — « Ce » cirque, dont les fondations existent encore sous terre, s'étend jus- » qu'à la place de l'hôtel de ville. » Niveleau, *Bav. anc. et moderne*. M. J. De Bast a fait graver, de ce monument (Planche 1re du *Second Suppl.*), une figure conforme aux indications du P. Boucher, mais il faut y substituer une ligne droite à la ligne courbe qui marque la sé-paration des deux divisions principales. « Les colonies romaines envoyées à Bavay, outre l'utile et le com- » mode, voulant se procurer encore l'agréable, disposèrent pour les » jeux publics, un cirque magnifique..... Les débris de ce monument, » qui subsistoient encore avant la démolition de l'hôtel de Chimai, et » sur lesquels est aujourd'hui bâtie l'église paroissiale de Notre-Dame, » faisoient l'admiration des étrangers, aussi bien que les précieux res- » tes de l'amphithéâtre, des galeries et des loges où se plaçoient les » spectateurs : ces édifices étoient appellés *castel* du mot latin *castel-* » *lum*, et la rue qui conduit au cirque, est encore appellée aujourd'hui » *rue du chatelet, via castellana.* » *Encycl. etc., Suppl.*, au mot *Bavay.* Voilà une troisième version sur la nature des ruines cachées sous l'é-glise aussi inconciliable avec les deux autres qu'elles le sont entre elles, à moins d'admettre que les thermes et l'amphithéâtre occupaient je même emplacement dans l'enceinte du cirque. Au reste, la destina-tion nouvelle et la dénomination analogue données à cet édifice, au moyen-âge, ont occasionné une étrange confusion dans les idées de l'auteur du *Mémoire sur les Antiquités de la ville de Bavay*, mémoire dont l'article de l'Encyclopédie n'est qu'un extrait.

tures à fresque. Les piliers en soutenaient les voûtes, appuyées
à droite et à gauche sur des pilastres adossés aux murs. On n'a
remarqué de traces ni d'*euripus* ni de *spina;* mais des bornes de
l'espèce dont la *spina* était ordinairement garnie aux deux bouts
ont été trouvées dans la ville ou dans les environs (1). Le fond
de l'édifice, terminé en hémicycle, et dont l'extrémité circulaire
se dessine encore dans une partie des remparts, servait apparemment aux réprésentations dramatiques. Il y a de grands restes
des murs latéraux, à droite, dans plusieurs caves ; à gauche, sous
plusieurs jardins. Tous les murs étaient doubles, du moins jusqu'à une certaine hauteur, et l'entre-deux en était assez large
pour qu'on pût les parcourir intérieurement. Il semblait d'une
suite de longs corridors offrant, par leurs détours multipliés,
l'image d'un labyrinthe. On ne distingue plus la place du frontispice ; mais les maçonneries cachées sous le sol, à l'entrée du
jardin autrefois de l'Oratoire, étaient indubitablement adhéren-
tes à cette partie de l'édifice. Plusieurs renfoncements avaient
été ménagés dans la double galerie située à l'opposite, un à
chaque bout de cette galerie, les autres le long du mur qui la
séparait de l'arrière-scène ; ceux-ci carrés et d'environ deux
mètres de profondeur, ceux-là semi-circulaires, beaucoup
plus larges et plus profonds. Deux passages ouverts, l'un au
midi, l'autre au nord, donnaient entrée dans l'arène, et tous
deux étaient peut-être garnis de chaque côté d'escaliers conduisant aux étages supérieurs (2). On ne peut se faire une idée de

(1) « Au milieu du cirque, s'élévoient à 10 ou 12 pieds de hauteur,
» plusieurs obélisques ou colonnes, appellées par les habitans, *les*
» *charges des Sarrasins*, qui selon eux, étoient de petits hommes,
» forts, robustes, intrépides. Ces colonnes disposées dans le cirque,
» avec un ordre et une symétrie admirables, servoient à faire voir ou-
» tre la vitesse des chevaux, l'adresse des conducteurs des biges, des
» quadriges....» *Encyclop.*, *Suppl. etc.* Ces charges des Sarrasins sont
tout-à-fait imaginaires. Il n'y a nulle apparence que rien de semblable
ait jamais été vu dans le cirque.

(2) Les détails les plus exacts que l'on ait sur le cirque sont dus à Niveleau qui, lors des fouilles pratiquées dans ces ruines, sous sa direction, de 1826 à 1850, en dessina les parties mises à découvert ou explorées : un coin de l'arène, une des galeries doubles, des abat-jour,
des piliers, des pilastres, l'entre-deux des doubles murs, les passages
servant de couloirs et de dégagements.

ces étages que par analogie ; mais il est à peu près certain que le dessus des galeries consistait en gradins et en vomitoires surmontés d'un attique, et que la disposition du local réservé pour

Quelques débris d'ornements trouvés dans les galeries ont été aussi dessinés par cet artiste, et il en a accompagné les dessins des indications et des remarques suivantes : « Un modillon et.. un bout de cor-
» niche. Les moulures sont bien composées. Ces morceaux sont en
» pierre blanche. — Peintures à fresque sur un mur caché sous
» terre.... Les peintures sont encore fraiches. — Chapiteau antique...
» Sa composition ne tient nullement aux ordres grecs et romains ; il
» couronnait une colonne engagée.... Le travail d'exécution est bien
» soigné. — Trois morceaux de bronze du poids de cinq livres et pro-
» venant d'un manteau de statue de grande dimension. — Fragment
» d'un chapiteau pilastre.... Au bas de ce chapiteau est le détail de la
» rosace placée dans le centre de la volute ; ce chapiteau fait bon effet,
» mais ne tient à aucun ordre d'architecture connu. — Autre fragment
» d'un chapiteau.... Les feuilles sont bien galbées et travaillées avec
» goût.... Ils sont tous les deux en pierre blanche. — Beaucoup de
» morceaux de mortier ornés de peintures à fresque représentant des
» bordures et encadremens de murailles comme nos bordures de pa-
» pier ; ainsi qu'un morceau de marbre ayant deux lettres d'un côté et
» des moulures de l'autre. » *Bavay anc. et moderne.*

Les marbres avaient été enlevés il y a plusieurs siècles. « Et la
» plaine, c'est-à-dire la place ouvrée de dedens.... estoit parée et
» aornée de belles pierres précieuses : comme encores aujourd'huy
» appert audit territoire, yceux qui fouyssent en terre parfond qui
» trouvent de belles pierres précieuses.... » Jacques de Guyse, *Des
Chron. et Ann. de Haynnau,* traduct. attribuée à Lessabé, feuil. 15, v°.

« On trouverait l'ensemble du plan de ce cirque s'il était possible
» de faire des fouilles dans les caves des diverses habitations traver-
» sées par le gros mur ; il est d'autant plus difficile d'en reconnaître
» actuellement la trace que les habitans depuis nombre d'années en
» ont arraché les pierres pour servir à leurs nouvelles constructions.—
» Les fouilles faites dans son enceinte en 1827 m'ont fait découvrir la
» tête de ce monument formant angle situé en face de la route de Va-
» lenciennes.— Le dessous des fondations des gros murs d'enceinte....
» communique sous la maison de.... place St. Maur. — Le massif est
» comme suspendu par la ténacité du ciment ; on remarque à cette es-
» pèce de plafond, le dessous d'une longue suite de grosses pierres
» bleues bien taillées..— On trouva l'entrée de ce sousterrain en fouil-

les représentations dramatiques était celle des théâtres grecs et romains. On conjecture que le sol recouvrait des souterrains où étaient gardés les animaux destinés aux jeux, et peut-être les prisonniers condamnés au supplice. Théâtre en partie, en partie amphithéâtre, cette vaste construction n'avait ce semble, d'un cirque que le nom et la forme. Les débris épars sur les différents points qui en ont été explorés prouvent que la richesse des détails répondait à la magnificence de l'ensemble. Le marbre, les métaux, les matières les plus précieuses y avaient été prodigués. La maçonnerie en était si solide que les masses énormes qu'en ont épargnées le temps et la main de l'homme qui, plus rapace, en a arraché les fondements, demeurent, depuis un grand nombre d'années, comme suspendues, sans qu'une pierre s'en détache.

Outre les courses de chars, les courses de chevaux, les courses à pied, les anciens avaient toutes sortes de jeux (1) inusités de

---

» lant au pignon de la maison .... le 24 décembre 1826. Le sol de
» cette excavation est composé de quantité de moellons et pierres ;
» on n'a pu y pénétrer qu'en marchant sur les genoux. Étant à 15 pieds
» de l'ouverture et tournant à gauche on a voyagé sous ce gros massif...
» Il a fallu dans quelques endroits se glisser sur le ventre.... Parvenu
» à la distance de 152 pieds on s'est trouvé sous le massif de la tour'
» que l'on voit extérieurement dans le jardin de...., et qui a en face
» le chemin de Valenciennes. Ne pouvant pénétrer plus avant on est
» revenu sur ses pas avec les mêmes difficultés n'ayant pas d'air et
» mal éclairé par des lampions donnant une fumée insupportable. La
» maison de.... est bâtie totalement sur cette masse qui n'a d'autre
» soutien que la qualité supérieure de son mortier, et que le moindre
» mouvement de terre pourrait faire écrouler. » A. Niveleau, *Bavay anc. et moderne.*

« On n'a trouvé, ajoute le même architecte, aucune inscription qui
» puisse donner quelques éclaircissemens sur cet édifice.... Le rez-
» de-chaussée, au-dessus *duquel* était un étage orné de colonnes....
» doit s'étendre bien avant sous des jardins où l'on ne pouvait fouil-
» ler. » *Bavay anc. et moderne.*

(1) Le P. Lambiez, dans plusieurs de ses ouvrages, met les naumachies au nombre des *monuments* de Bavai ; mais il n'est pas probable qu'on y ait jamais donné de tels spectacles, et moins encore qu'il y ait eu dans cette ville un local spécialement destiné à cet usage.

nos jours ; tels que la lutte, le pugilat, les combats de gladiateurs, les combats de bêtes entre elles ou contre des hommes. Les représentations théâtrales n'étaient pas moins variées : la danse, les satyres, les atellanes, la comédie, la tragédie, la pantomime occupaient tour à tour la scène.

Ovide considérait le théâtre comme l'écueil de la pudeur (1) ; Salvien, comme l'école de tous les vices. La turpitude des gestes et l'obscénité des paroles y choquaient à la fois les yeux et les oreilles (2).

Malgré son goût pour la lutte et les combats de gladiateurs, ne se dissimulant pas combien il était inconvenant que les femmes assistassent à de tels spectacles, Auguste les relégua sur les banquettes les plus élevées et pour ainsi dire sous l'attique (3), place réservée aux prolétaires et aux esclaves. Mais elles n'y coururent pas moins en foule (4), décidèrent plus d'une fois par un signe du pouce, du sort des combattants (5), et ne se montrèrent que trop souvent impitoyables et cruelles. Peut-être les Nerviennes, si chastes avant l'asservissement de la nation, ces femmes compatissantes, qui pansaient de leurs mains et dont les lèvres suçaient les plaies des blessés (6), se mêlaient-elles parmi des prostituées étrangères (7), pour voir des hommes nus, des guer-

---

(1) Ille locus casti damna pudoris habet.
Ars Amatoria, lib. I.
(2) Salvien, *De Vero Judicio et Providentia Dei*, lib. VI.
(3) Suetone, *Octav. Augustus*, 44.
(4) Ut redit itque frequens longum formica per agmen
  Granifero........
Ovide, *Ars Amat.*, lib. I.
(5) .... Et verso police vulgi
  Quemlibet occident populariter........
Juvenal, *Sat.* III, v. 36.
(6) Tacite, *De Morib. German.*, 7 et 19.
(7) « Les Lesbie et les Cynthie allaient voir les gladiateurs exposés » aux dents des bêtes. » Anonyme.

Quoi de plus horrible et de plus dégoûtant que ce qui, au rapport de Tertulien, se pratiquait dans ces jeux ! « Illi qui, munere in arena, » noxiorum, etc. » *Apologétique*, 9.

riers, trahis par la victoire sur un champ de bataille, s'entr'é-gorger dans l'arène; pour contempler une panthère dévorant les chairs ensanglantées et pantelantes, et entendre craquer sous sa dent les os d'une vierge innocente et pure, d'une jeune chrétienne.

L'introduction du christianisme à Bavai doit avoir devancé la prédication de l'évangile aux Nerviens. Les communications entre cette ville et Rome étaient assez fréquentes pour que les lumières de la foi se répandissent promptement de la capitale de l'Empire dans celle de la Nervie. Les chrétiens qui, déjà nombreux, furent chassés de Rome par les ordres de Claude, comme les juifs avec lesquels on affectait de les confondre, se réfugièrent dans toutes les contrées du monde connu (1). Les grandes villes de la Gaule en renfermaient une multitude à l'avènement des Antonins au trône impérial. L'un de ces princes y était assis, lorsqu'un tumulte, qui s'éleva tout-à-coup à Lyon au milieu des joies d'une fête, devint le signal d'une horrible persécution (2). S'étendant de proche en proche, elle fit couler au loin le sang des martyrs. Il n'est pas probable toutefois qu'elle ait franchi la Loire, quoique la Gaule septentrionale fût déjà peuplée de fidèles. Mais si, en exerçant leur culte en secret, en se cachant ou en évitant de se trahir, ceux qui étaient dans Bavai parvinrent à se dérober au supplice sous les règnes de Sévère, de Dece, de Gallus, d'Aurelien, ce qu'il est difficile de se persuader, il n'y échappèrent pas sous Dioclétien, dont la longue et cruelle persécution ensanglanta toutes les provinces (3).

M. J. De Bast apprit, d'un père de l'Oratoire, que les terres du jardin de la communauté recouvraient un pavé spacieux, en dalles soigneusement jointes, garni d'une banquette et soutenu

(1) *Act. Apostol.*, c. XVIII, ỳ 2. — Suétone, *Claudius*, 25.

(2) Eusèbe, *Historiæ Ecclesiasticæ*, l. V, c. 1 et 2.— Sulpice Sévère, *Sacræ Historiæ*, l. II.

(3) Le P. Boucher, *Belg. Rom.* etc., l. VII, c. 9.
Cette persécution dura dix ans. Toutefois, elle fut d'une moins longue durée dans les Gaules où Constance Chlore la fit cesser. (Sulpice Sévère, *Sac. Hist.*, l. II. — Paul Orose, *Ad Augus'inum*, l. VII, c. 19. — Eutrope, *Hist. Rom.*, l. X. — Eusebe, *De Vita Constantini*, l. I, c. 11.

par des substruct'ons étendues (1). On soupçonne que des dimensions involontairement exagérées ont empêché l'érudit antiquaire
de reconnaître, dans ce pavé, celui d'une terrasse assise sur les
bâtiments élevés au-devant de l'arène. C'était, dans un cirque,
l'emplacement des *carcères,* sortes de remises construites sur une
ligne légèrement arquée, à droite et à gauche de l'entrée prin-
cipale de l'édifice, et flanquées, à chaque extrémité opposée,
d'une tour à plusieurs étages. Au-dessus des carcères était la terrasse, réservée à une classe particulière de spectateurs.

Les ruines amoncelées, il y a plus de quatorze siècles, à l'entrée du cirque de Bavai, supportent la maison et le jardin que
les P P. de l'Oratoire occupaient lorsqu'on trouva dans ce jardin,
en 1716, une table de marbre de couleur cendrée et six chapiteaux grandioses d'une rare beauté. La table, haute de 97 centimètres, large d'un m. 50, porte l'inscription suivante, gravée en creux :

TI. CAESARI AVGVSTI F.
DIVI NEPOTI ADVENV.
EIVS SACRVM
CN. LICINIVS C. F. VOL. NAVOS. (2)

Ce monument que les habitants de Bavai montrent avec or-
gueil, comme une preuve irrécusable de l'antiquité de leur ville
et de son importance sous les premiers Césars, avait été destiné
à perpétuer la mémoire du passage de Tibère à Bavai, probablement dans cette marche, en quelque sorte triomphale, à travers
Italie et les Gaules, et si pompeusement décrite par Velleius Paterculus (3).

Les pères de l'Oratoire, voulant conserver un marbre vrai-
ment précieux, l'avaient fait placer dans un mur de leur jardin,
entre deux stylobates composés des six chapiteaux superposés
trois par trois. Chacun de ceux qui formaient le haut de ces
piedestaux d'un nouveau style, était orné d'un médaillon en

(1) M. J. De Bast, *S. S.*, p. 39.
(2) Consacré à Tibère-César, fils d'Auguste, petit-fils du Divin
(*Jules*), à son arrivée, par les soins de Cn. Licinius qui l'a fait sponta-
nément et avec empressement.
(3) Velleius Paterculus. *Hist. Roman.,* l. II, c. 52.

relief, dont semblaient se détacher : de l'un, le buste d'un homme n'ayant pour vêtement qu'un manteau replié sur l'épaule, et portant sur la poitrine un poignard soutenu par un étroit baudrier ; de l'autre, le buste d'une femme vêtue d'une draperie, la tête couverte d'un voile, et portant aussi un poignard sur la poitrine. Quelqu'un imagina que ces figures, rapprochées d'une inscription relative au fils d'une princesse toute puissante, représentaient le fils et la mère, et des écrivains, préoccupés de cette idée, convertirent machinalement les médaillons en statues de Tibère et de Livie (1). Jusque là, les habitants de Bavai avaient pris les mêmes figures, et la plupart d'entre eux les prennent encore, pour celles de Jupiter et de Junon (2).

---

(1) Cette conséquence fut poussée plus loin, car quelques-uns de ces écrivains inférèrent de là que Livie avait accompagné Tibère. « Comite Livia matre ut suadet statua... » P. J. Heylen, *Mémoires de l'Acad. de Bruxelles*, tome 4. « Il faut pourtant, dit M. J. De Bast, en » parlant de Licinius, que ce fût un personnage distingué, puisqu'il » paraît avoir présidé à la réception de Tibère, faisant son entrée so- » lennelle, accompagné vraisemblablement de Livie sa mère, épouse » d'Auguste. » Et il ajoute en note : « La statue de Livie, jointe à » celle de Tibère, et découverte à peu près au même endroit, où l'on » rencontra la mémorable inscription en l'honneur de Tibère, semble » nous apprendre cette particularité. » *Second Suppl.*, page 12. On peut toutefois, et avec une pleine conviction, conclure du silence de courtisans aussi déliés que Cn. Licinius et Velleius Paterculus, qu'aucune princesse n'était du voyage.

Ce Licinius n'est d'ailleurs connu que par le soin qu'il prit de faire graver sur la pierre la mention d'un événement tel que celui du passage d'un prince. Ce n'était pas l'ancien procurateur des Gaules du même nom, ce financier habile qui, pour augmenter le produit de l'impôt mensuel, avait imaginé de diviser l'année en quatorze mois, et à qui Auguste, importuné par les plaintes des Gaulois, avait été obligé d'ôter son office (Dion, *Augustus*) ; mais ce pouvait être un de ses descendants.

(2) « Les habitants donnent à ces figures les noms de Jupiter et Ju- » non. » Niveleau, *Bavay anc. et moderne*.

M. Carlier relève, dans les termes suivants, les premiers mots de la note de M. J. De Bast (*Second Suppl.*, p. 12) : « C'est Jupiter et Junon « et non Tibère et Livie. » *Notes sur le Second Suppl.*

Dans une narration pleine de sel attique, insérée au recueil des *Mé—*

Quoique la table et les chapiteaux aient été trouvés ensemble, il est à croire qu'ils ont appartenu à des monuments d'espèces différentes : la table, à un arc de triomphe dont il n'y a plus d'autre reste ; les chapiteaux, à plusieurs colonnes d'un péristyle qui décorait l'entrée du cirque.

Dans une fouille pratiquée en 1633, en dehors et à peu de distance de la porte dite de Valenciennes, les ouvriers employés à ce travail déterrèrent d'énormes pierres de taille, des marbres brisés, des fondations immenses, et les spectateurs purent remarquer la trace de longues galeries bordées de fragments de colonnes (1).

On regrette qu'Aubert Le Mire, qui explorait alors Bavai, n'ait jeté sur ces ruines qu'un regard fugitif. On se persuade que, s'il lui avait été loisible de se livrer à un plus long examen, il n'aurait laissé aucune incertitude sur la nature de l'édifice dont de si magnifiques débris s'offrirent à sa vue, et que l'on saurait aujourd'hui si c'était un de ces palais fastueux renfermant, avec d'innombrables appartements de maîtres, toute une population d'esclaves ; ou bien une majestueuse basilique, soit de celles où se rendait la justice, soit de celles où s'assemblaient les différentes corporations municipales.

Bavai, comme capitale de la Nervie, avait incontestablement plusieurs juridictions ; des magistrats chargés des intérêts de la contrée entière ; d'autres, des intérêts particuliers de la ville ; des curiales-ou décurions, dont les uns étaient de simples électeurs, les autres des fonctionnaires élus ; un curateur et un

---

moires de la Société royale et centrale d'Agriculture, Sciences et Arts du département du Nord, années 1857 et 1858, tome 2, sous le titre de Voyage Archéologique à Bavai, M. Derbigny, à propos de deux statues modernes, qui avaient apparemment servi à décorer le jardin de quelque manoir des environs de cette ville, remarque judicieusement « Que c'est à tort que, dans des notices imprimées, recueillies dans » les Mémoires de la Société, on les a indiquées comme étant, l'une » la statue de Tibère, l'autre celle de Livie. » Mais en lisant tout ce qui a été écrit sur Bavai, il faut s'attendre à bien d'autres déceptions.

(1) Aubert Le Mire, Chron. Belg. Ann. 656. — Le P. Boucher, Belg. Romanum, etc.. lib. XVI, c. 7.

défenseur de la cité (1), mais aucun monument n'indique soit les titres des différents corps de magistrature, soit les titres individuels des magistrats dont ces corps étaient composés.

Leurs attributions consistaient, en général, dans l'exercice des actions de la cité et la faculté de stipuler pour elle; dans le droit d'établir des marchés et des foires; de concourir à la répartition de l'impôt et d'en faire la recette et le versement; de prononcer sur les causes d'un mince intérêt; d'infliger des peines légères aux esclaves; de surveiller, de poursuivre et d'arrêter les brigands et les criminels; ils avaient, enfin, la police des jeux et des spectacles (2).

Les intérêts du prince étaient confiés à un préfet. Cet officier, à qui beaucoup d'autres étaient subordonnés, avait aussi des attributions fort étendues. Il réunissait en sa personne les pouvoirs militaire, administratif et judiciaire (3).

Le président de la province décidait les affaires les plus importantes et renvoyait les autres à son questeur ou à ses lieutenants. La connaissance des causes capitales lui était dévolue. Il allait annuellement tenir les assises dans les principales villes de son gouvernement, y siégeait sur le tribunal, au milieu de vingt assesseurs de son choix et prononçait l'absolution ou la condamnation des accusés (4).

Néanmoins ce mode d'administration ne fut pas invariablement le même sous tous les règnes. Auguste laissa la Belgique a peu près dans l'état où César l'avait mise, mais il s'attacha à la repeupler (5), et la divisa en trois provinces. Les deux plus septentrionales prirent la dénomination de première et seconde Germaniques, on laissa le nom de Belgique à celle du midi, qui fut subdivisée en première et seconde Belgiques par Constantin.

---

(1) M. Raynouard, *Histoire du Droit Municipal en France*, liv. I, ch. 10, 13, 15 et 16.

(2) Ibidem, ch. 15, 16 et 17.

(3) Ibid., ch. 19. — Alex. Adam, *Antiquités Romaines*, trad. do l'anglais par un anonyme; *Magistrats Provinciaux*. — L'abbé Dubos, *Hist. Critiq. de la Monarchie Franç.*, t. I, c. 5.

(4) Alex. Adam, à l'endroit cité.

(5) Suétone, *Oct. Augustus*, 21.

La seconde Belgique avait Reims pour métropole et comprenait douze cités au nombre desquelles était la Nervie (1). Maximien-Hercule ayant vaincu les Francs, qui s'étaient établis dans la Batavie et prétendaient s'y maintenir, en transféra des milliers avec leurs femmes, leurs enfants, leurs troupeaux, sur les terres des Nerviens (2) et occasionna ainsi une véritable révolution, au moins dans les mœurs, sinon dans le régime de cette contrée, auquel il fallut cependant apporter quelques modifications. Constantin opéra de nombreuses réformes et sépara les fonctions civiles des commandements militaires. Il multiplia les emplois, institua différents offices, créa des dignités nouvelles. Un duc gouverna la seconde Belgique, un comte fut chargé d'administrer la Nervie et d'y rendre justice (3).

Plusieurs des secousses produites par cette instabilité dans les institutions durent être ressenties à Bavai, mais on ignore quels en furent, pour cette ville, les effets ou les conséquences.

En fouillant dans le jardin des sœurs grises, en 1772, on atteignit une sorte de cave, longue de 5 m., large de 4, dont les murs, en pierres taillées, avaient 0 m. 68 d'épaisseur. Elle était voûtée en briques épaisses de 0 m. 05, larges de 0 m. 32, longues de 0 m. 38 et d'une extrême dureté. On jugea que cette

---

(1) Le P. Boucher, *Belg. Rom. etc.*, l. 1, c. 1 et 2. — Raepsaet, *Division de la Belgique sous la Période Romaine.* OEuvres complètes. — A. G. B. Schayes, *Les Pays-Bas etc.*, l. II, 2ᵉ part., c. 5.

Raepsaet attribue le premier partage de la Belgique en provinces romaines à Othon, et le dernier à Dioclétien. Le sentiment du P. Boucher et de M. Schayes a paru préférable.

On tenterait en vain, sans doute, de se faire une idée plus exacte de l'étendue et des divisions de cette partie des Gaules, en consultant les anciens. César renferme la Belgique entre la Marne, la Seine et le Rhin ; Strabon l'étend du Rhin à la Loire, et Pline la resserre entre la Seine et l'Escaut. Ammien Marcellin rapporte que les Belgiques et les Germaniques, formant alors quatre provinces distinctes, avaient été divisées d'abord en deux gouvernements, et fait remonter cette division au temps de la dictature de César. (César, *De Bel. Gal.*, l. I, 1. — Strabon, l. IV.— Pline, l. IV, 17.— Ammien Marcellin, l. XV.

(2) Eumène, *Paneg. Const. Chlor.* 21.

(3) Zozime, l. II. — And. Alciat, *De Magistralibus Civil'busque et Militaribus Officiis.*

masure était de construction romaine. On n'y trouva que des charbons (1).

Il y avait dans le verger des mêmes religieuses un bassin très-vaste, qui passait aussi pour un ouvrage des Romains (2).

Les pavés en mosaïque sont des indices certains de la magnificence des édifices auxquels ils ont appartenu. Un tel pavé était l'ornement d'un palais ou d'un temple. On en a découvert plusieurs sous le sol de Bavai :

Un, dans le courant de 1751. Il avait 4 m. de longueur et 2 m. 50 de largeur. Il était formé de petites pierres, les unes carrées, de 0 m. 009, les autres oblongues de 0 m. 009 sur 0 m. 016 posées dans une couche de ciment épaisse de plus de 0 m. 13. Le sujet principal de cette mosaïque, renfermé dans un cercle, était un tableau peu chaste, mais dont les figures, d'un dessin correct, ne manquaient ni de grace ni d'agrément. Les cartouches, ornés de vases et d'animaux, sur un fond blanc, et l'encadrement rempli en guillochis où dominait le bleu, n'étaient pas moins remarquables.

Un autre, en 1772. On n'en possède ni dessin ni description.

Un autre, vers 1785. Il avait 9 m. 50 carrés et représentait une chasse.

Un autre encore, vers 1790. Une femme assise sur un lit de forme antique, paraissait en être le principal sujet.

Un autre enfin, auprès duquel on remarqua plusieurs marches d'un escalier en pierre, d'une largeur d'environ 0 m. 80, conduisant dans une place inférieure, fut découvert en 1828. Ce pavé, dont il ne fut mis au jour qu'une partie de 2 m. 50 sur 2 m. 20, parut d'une grande dimension. L'encadrement était composé d'arabesques, avec festons et rinceaux, de couleur blanche sur un fond bleu, comme celui du champ, dans lequel on ne put voir que deux colombes et les trois quarts d'un poisson. Trois couleurs principales, indépendamment des demi-teintes, dominaient dans cette mosaïque : le bleu provenant

---

(1) M. J. De Bast, *Second Suppl. etc.*, page 29.
(2) Ibid., page 44.

des carrières des environs de Bavai ; le blanc, de celles du terri toire aujourd'hui de Ferrière-la-Petite ; le rouge, d'une terre cuite au four (1).

Le hasard peut amener encore d'autres découvertes du même genre, et combien de ces fragiles ouvrages n'ont-ils pas été entièrement détruits ! Lorsque le vent ou une averse a balayé la poussière, on trouve souvent nombre de petits cubes, de différentes couleurs, détachés d'anciennes mosaïques.

Une grande partie des antiques provenant de Bavai ou des environs a été ramassée dans les tombeaux.

Ces monuments consacrés par la douleur, par la tendresse, par la piété filiale, à des ombres chéries; respectés, ou du moins épargnés par les barbares qui se contentèrent d'en ruiner ce que la terre n'en dérobait pas à leurs yeux, ont été, dans les temps modernes, ouverts et dépouillés. On en a retiré des pierres sculptées, des tronçons de colonnes unies, torses, cannelées; des chapiteaux, des fragments de statues, quantité d'urnes remplies de cendres et d'ossements calcinés, une quantité plus considérable de lacrymatoires et d'autres vases de diverses formes, beaucoup de lampes sépulcrales, quelques patères, une infinité de tessons, des joyaux et plusieurs milliers de médailles. Mais les inscriptions funéraires suivantes sont vraisemblablement les seules qui aient été conservées :

D. M.	D. M.
Q. POMP. ET CRISPOE	M. POMP. VICTOR
TARQ. SECUNDAE	Q. C. R. C. N.
M. POMP. VICTOR	SIBI ET OGRATIAE
PARENTIB? F.	SECOND. UXORI.
	VIVOS F.
(2)	

(1) *Petites Affiches de Valenciennes,* avril et mai 1828 (par *A. Dinaux*). M. de Lucé, qui était intendant du Hainaut lorsque la première de ces mosaïques fut découverte, en fit prendre le dessin, et le comte de Caylus l'a décrite dans son *Recueil d'Antiquités.* A. Niveleau a inséré un dessin colorié de la dernière dans son *Bavay ancien et moderne.*

(2) Le P. Lambiez a traduit ainsi cette double inscription : « Dedié

DIS MANIBUS
IVLIAE FELICVLAE
C. IVLIVS VLPIANVS
FECIT. [1]

Toutes trois étaient gravées en creux dans la pierre. Les deux premières, en regard sur une même table, paraissaient avoir été retouchées ; celle que Pompeius Victor consacra à la mémoire de sa femme Ogratia et qu'il avait fait préparer pour lui-même, a été diversement interprétée. Le jurisconsulte De Ghewiet a pensé que les cinq lettres Q. C. R. C. N. pouvaient signifier : « Questeur, tandis qu'il gouvernait la cité des Nerviens (2) ... » Au lieu de la qualité de Questeur, le père Grégoire Lambiez a donné à Pompeius Victor celle de Gouverneur et a traduit ainsi ces abréviations: « Lorsqu'il était Gouverneur de la Cité des Nerviens (3)... » M. Carlier était persuadé qu'une des cinq lettres avait été altérée et que, en la rétablissant elles signifiaient toutes ensemble: « Fils de Quintus (Pompeius) et de Crispa « petit-fils de Caius ou Cneius (4). »

» aux Dieux Mânes, à Quintus-Pompée, à Crispe-Tarquine seconde, » par Marc Pompée-Victor, en mémoire de ses parens. — Aux Dieux » Mânes. Marc Pompée Victor, lorsqu'il étoit Gouverneur de la Cité » des Nerviens, fit faire cette *Epitaphe* pour lui et pour Ogratie se- » conde, sa femme, étant *encore* vivant. » *Dissertation sur la Capitale des Nerviens, etc.* M. J. De Bast, *Second Suppl.*, page 21, a reproduit cette traduction, sans approuver, sans doute, les mots ajoutés au latin : *Dedié, Epitaphe*, surtout le dernier, qui avait chez les anciens une autre signification que chez les modernes.

(1) « Dédié aux Dieux Mânes, et à Julia Felicula par C. Julius Ulpia- » nus. » M. J. De Bast, *S. S.*, p. 25.

(2) « Quæstor cùm regeret Civitatem Nerviorum. » G. De Ghewiet, *Institutions du Droit Belgique*, part. II, tit. 2, art. 5.

(3) Le P. Lambiez, à l'endroit cité ci-dessus.

(4) M. Carlier, *Notes Manuscrites*.

Quoique cette divergence rappelle une des boutades de Paul-Louis Courier : « Voilà ce qu'ils ont imaginé pour se tirer de l'embarras où » les jetait ce Q. » (2ᵉ lettre à M. Chlewaski), elle est assez naturelle dans l'interprétation d'un texte altéré.

Quels furent donc ces Romains ou ces Gaulois dont les noms surnagent, dépouillés de tout prestige, sur l'abyme des temps? Quel genre d'illustration, quelles actions d'éclat, quels utiles travaux, quels services rendus à la patrie leur méritèrent d'être recommandés à l'attention de la postérité? Le silence de l'histoire a condamné à l'oubli ces personnages sans doute importants, ou les a du moins relégués dans la foule des êtres oiseux qui ont passé sur la terre, inaperçus, et dont un marbre fastueux révèle seul l'existence. M. J. De Bast a essayé de rapprocher Quintus Pompeius et Pompeius Victor de Pompeius Propinquus, mais il a senti lui-même qu'une simple homonymie était aussi insuffisante pour les rattacher à l'infortuné procurateur de la Belgique, inhumainement massacré par les troupes de Vitellius (1); que le prénom de Cnéius pour les faire descendre du grand Pompée ou de l'un de ses affranchis.

On ne sait pas non plus sous quel ciel naquirent, à quelles familles appartinrent, quel rang occupèrent Julius Ulpianus et Julia Felicula. On ne peut juger de leur condition par leurs noms, car on donnait à un esclave rendu à la liberté le nom du maître auquel il devait une telle faveur, et un étranger prenait celui de l'homme puissant dont la protection lui avait valu quelques uns des avantages attachés au titre de citoyen (2). En revêtant l'habit, en adoptant la langue, en imitant jusqu'aux vices des Romains, les Gaulois leur empruntèrent aussi leurs noms. Il y eut à Rome plusieurs Felicula; il y en eut dans les Gaules, et quelques unes avaient le prénom de Julia, comme celle dont la cendre reposait à Bavai (3). Le jurisconsulte que son mérite éleva aux premières dignités de l'Empire, que proscrivit Heliogabale, qu'Alexandre Severe honora de son amitié et prit pour guide de sa conduite, illustra le nom d'Ulpien, mais il ne fut pas le seul qui le porta.

(1) M. J. De Bast, *Second Suppl.*, etc., page 22. — Tacite, *Historiarum*, lib I, 12 et 58.

(2) Alex. Adam, *Antiq. Rom. Divisions du Peuple Rom. Esclaves.*

(3) M. J. De Bast, *Second Suppl.*, etc., pag. 22, 23, 24 et 25. — M. Derbigny, *Voyage Arch. à Bavai*, pag. 450, 451 et 452 des *Mém. de la Société du Départ. du Nord*, 1857-1858, tome 2. — Etc.

Le tombeau de Julia Felicula, découvert en 1777, à 3 m. de profondeur, dans un champ à l'ouest de Bavai, renfermait un cippe de pierre bleue, haut de 1 m. 35, sur lequel était gravée l'inscription; un socle ayant deux faces de 2 m. 28, les deux autres d'environ 1 m. 62; une plinthe de 0 m. 60 carrés, et une paraboloïde tronquée de la hauteur de 0 m. 75. Il en fut en outre retiré une urne de plomb, haute de 0 m. 43 et d'un diamètre de 0 m. 37; quarante urnes en terre cuite de différentes dimensions, toutes, celle de plomb comme celles de terre, remplies de cendres et d'ossements calcinés; trois lacrymatoires de verre et deux grandes lampes de terre. On trouva dans l'urne de plomb une médaille de l'empereur Adrien. Un autre de ces vases funéraires était superposé et servait de couvercle à un second.

La pierre tumulaire est apparemment tout ce qui a été conservé du tombeau des Pompée.

On doit à M. J. De Bast la description de celui de Lucinus, autre monument particulièrement digne de remarque.

Un cultivateur des environs de Bavai découvrit, en 1762, dans une terre labourable, à 2 kilomètres de cette ville, au midi, et à une profondeur de 1 m. 62, un caveau quadrilatère, en briques posées de champ, et intérieurement décoré de peintures à fresque, que l'humidité avait endommagées. L'inscription, gravée sur une pierre longue de 0 m. 65, large de 0 m. 48, était ainsi conçue :

HIC DEPOSITVS IN P. LVCINVS

SCRINIAR. BENE MÉRENS

D. HON. AVG. VI. C. S.

VIXIT ANNOS XXXXIIII.

 (1)

---

(1) M. J. De Bast, *Second Suppl.*, etc., page 62. Cet auteur a traduit

On trouva dans ce tombeau : une lampe de cuivre surmontée d'une croix, trois petites lampes en terre cuite, une bague en or garnie d'un rubis, et quantité de vases. Le chaton de la bague et chacune des trois lampes de terre portaient, comme le bas de l'inscription, le monogramme de Jésus-Christ, gravé en creux (1).

Le mot *Scriniarius*, titre de divers fonctionnaires dont les attributions se ressemblaient peu, n'a pas, à proprement parler, d'équivalent dans la langue française, et on ne saurait dire positivement en quoi consistait l'emploi de Lucinus. M. J. De Bast conjecture que cet officier était préposé à la garde du dépôt des actes de l'autorité souveraine (2). Quoi qu'il en soit, on ne doit pas mettre en doute que ce ne fût au moins un personnage honorable.

L'année du sixième consulat d'Honorius correspond à la dixième du règne de cet empereur et à l'an 404 de l'ère vulgaire.

Les lumières de la foi, alors universellement répandues, jetaient un vif éclat dans l'Empire. Depuis le célèbre édit de 313, par lequel Constantin et Licinius permirent le libre exercice de tous les cultes, et malgré la persécution sourde et cruellement ironique de Julien (3), la religion chrétienne avait fait de mer-

---

en ces termes l'inscription gravée sur la pierre tumulaire du tombeau de Lucinus : « Ci-gît en paix Lucinus, Préposé aux archives des loix » Impériales, homme de mérite, au sixième consulat de l'Empereur » Honorius Auguste. Il décéda dans sa quarante quatrième année »

(1) Ibidem, page 62.

(2) Ibid., page 63.

(3) Eusebe, *Ecclesiast. Hist.*, lib. II, c. 32. — Theodoret, *Ecclesiast. Hist.*, lib. III, c. 14, rapporte que Julien fit asperger d'eau lustrale les choses les plus nécessaires à la vie, pour contraindre les chrétiens à subir cette souillure. Quels sarcasmes amers dans ce passage d'une lettre, ou plutôt d'un ordre, du même empereur, à Hécébole, l'un des principaux magistrats d'Edesse ! « Voulant donc leur applanir la » route du royaume des cieux, selon le mode admirable que leur prescrit la loi qu'ils doivent suivre, et, en même tems, leur porter les secours convenables, nous ordonnons que leurs revenus et meubles » soient répartis entre les militaires, et que leurs possessions soient » ajoutées à nos domaines *privés;* le tout afin que la pauvreté les rende » plus sages, et qu'ils ne soient pas frustrés de la possession du royaume » céleste qu'ils attendent. » Traduction de M. Tourlet.

veilleux progrès (1). Les anciennes églises, restituées aux fidèles avec les biens qui en dépendaient, avaient été relevées, et il en avait été bâti quantité de nouvelles plus vastes et plus magnifiques (2). Elles étaient desservies par un grand nombre de clercs : prêtres, diacres, acolytes (3). Il y avait un pasteur dans tous les lieux réunissant assez d'ouailles pour en composer un trou-

---

(1) Sozomène, *Hist. Eccl.*, l. I, c. 7.

Le christianisme était universellement répandu dès les premiers siècles. « Obsessam vociferant civitatem, etc. Hesterni sumus, etc. » Tertulien, *Apologétique*, 1 et 27.

« Le christianisme.. profita de l'ordre et de la paix établis dans
» l'Empire pour se répandre avec une incroyable rapidité. Il marcha,
» pour ainsi dire, à grandes journées sur ces vastes chemins que la
» politique romaine avait ouverts d'un bout de l'Empire à l'autre, pour
» le passage des légions. Il s'empara de toutes les dispositions que la
» haine du joug romain laissait dans le cœur des peuples asservis. Il
» releva par l'enthousiasme des âmes abattues par l'oppression. Par-
» lant au nom de l'humanité, de la justice, de l'égalité primitive entre
» les hommes, il devait avoir bientôt pour lui tout ce qui était esclave
» ou sujet, c'est-à-dire l'univers. » M. Villemain, *Du Polythéisme dans le premier siècle de notre ère. Nouveaux Mélanges littér.*

(2) Eusèbe, *Ecclesiast. Hist.*, lib. X, c. 2, et *De Vita Constantini*, lib. III, c. 49, etc.

(3) Le nombre des prêtres de la grande église de Constantinople fut fixé, sous les règnes de Justinien et d'Heraclius, à 25; celui des diacres à 150; celui des sous-diacres à 70, et celui des diaconesses à 40. Les diaconesses étaient des veuves ou des vierges d'une vertu éprouvée, d'une piété éminente et d'un âge avancé, attachées aux églises pour exercer auprès des personnes de leur sexe les fonctions que les bienséances interdisaient aux diacres. Elles assistaient les adultes admises au baptême, qui se conférait autrefois par immersion. Elles avaient la garde du côté des édifices où se tenaient les femmes dans les assemblées des fidèles. Elles étaient chargées de la distribution des aumônes aux indigents et des soins à donner aux malades (Du Cange, *In Lib. 15 Alexiadis Notæ*). Les empereurs Valentinien, Valens et Gratien exemptèrent les prêtres, les diacres, les sous-diacres, les exorcistes, les lecteurs, les portiers et les acolytes, de service personnel (Loi 6, au Code, l. I, tit. 3). « L'Eglise avoit des officiers destinez pour les
» enterremens, que l'on appelloit fossoyeurs ou travailleurs, et qui se
» trouvent quelquefois comptez entre le Clergé. » (Fleury, *Les Mœurs des Chrestiens*, seconde part., n° 24).

peau (1). Le clergé de chaque cité, quelque dispersés qu'en fussent les membres, était sous la direction d'un évêque, qui avait son siège dans la capitale (2). Ces prélats, en général d'un mérite éminent, inspiraient une vénération profonde et se trouvaient investis d'une grande autorité (3).

Il restait peu de zélateurs du polythéisme dans les classes élevées. Gratien avait refusé la robe de pontife dont ses prédécesseurs s'honoraient, et il avait été imité par ses successeurs. Les autels des dieux étaient abandonnés, leurs temples déserts. Ceux qui leur offraient des victimes ou de l'encens se rendaient inhabiles à exercer de hautes fonctions soit civiles, soit militaires. Une loi, qu'Honorius abrogea plus tard en faveur de Généride, interdisait à quiconque n'avait pas abjuré le culte des idoles, le port de la ceinture, insigne des magistratures et du commandement (4).

---

(1) « Le nombre des Evêques étoit très-grand : il y en avoit dans » toutes les Villes où il se trouvoit un nombre suffisant de Chrétiens. » Il y avoit encore des *Chorévêques* dans les bourgs et dans les villa- » ges. » (Anonyme, *Abrégé Chronologique de l'Hist. Ecclesiast.*, IVᵉ siècle).

(2) Beatus Rhenanus, *Rerum Germanicarum*, lib. III, *De Diœcesibus Episcopalibus*. — Du Cange, *Gloss. ad Script. med. et infim. latinit.* vᵒ *Castrum*. — L'abbé Dubos, *Hist. critiq. de l'établissem. de la Monarch. Franç.*, liv. 1, c. 2. — M. Raynouard, *Hist. du Droit Municip.*, liv. 1, ch. 8 et 23. — Etc. Quoique Rhenanus ait cru que Noyon avait été la capitale de la Nervie, cette erreur ne saurait affaiblir son témoignage, que l'on peut considérer comme une preuve, non que les villes épiscopales et archiépiscopales de la Belgique existassent comme telles sous le règne d'Honorius ; mais que, dans cette contrée comme ailleurs, chaque évêque avait sa résidence au chef-lieu de son diocèse, ou, ce qui revient au même, dans la capitale de la cité.

(3) L'abbé Dubos, *Hist. Critiq. etc.*, l. 1, ch. 2. — « En Orient et en » Occident, les Chrysostome, les Basile, les Grégoire de Nazianze, les » Ambroise.... les Augustin surpassaient en érudition et en éloquence » tout ce qui restait encore de sophistes païens. — Les évêques.... à » la cour.. étaient honorés à l'égal des grands officiers de l'Empire. Leur » voix était toute puissante..... Dans les villes éloignées, la puissance » de l'évêque était plus grande encore..... » (M. Villemain, *Nouv. Mélang. De l'Eloquence Chrétienne dans le quatrième siècle.*)

(4) Zozime, *Hist.*, lib. IV et V. — « Le discours de Symmaque.....

On ne peut inférer de l'ignorance où l'on est sur le régime
spirituel de la Nervie en particulier, qu'il différât de celui des
autres cités ; habitée par une multitude de chrétiens, elle dut
avoir aussi des églises, un clergé, un évêque, et le siège épiscopal
ne pouvait être établi ailleurs qu'à Bavai, non-seulement la capitale, mais même la seule ville de la contrée.

Ainsi c'est à Bavai que résidait Supérior, si le vénérable chef
d'une église des Gaules, qui souscrivit de ce nom les actes du
concile de Sardique, en 347, était l'évêque des Nerviens ; mais
il n'est désigné comme tel que par les faux actes d'un concile,
supposé avoir été assemblé à Cologne, en 346, pour la condamnation d'Euphratas, accusé d'hérésie.

« Il n'avait été fondé en Gaule qu'un seul évêché dans le
» 2e siècle, celui de Lyon. Il en fut établi 29 dans le 3e, durant
» lequel les chrétiens jouirent d'à-peu-près 70 ans de tolérance;
» 38 dans le 4e, qui fut celui où les chrétiens dominèrent (1). »
Au nombre des 38, sinon des 29, était celui des Nerviens (2).

Depuis longtemps, et sans autre fondement que les hallucina-

» montre à quel point les progrès de la loi nouvelle avaient amené
» l'ancienne religion, chassée successivement de tout le terrain qu'elle
» occupait, perdant les mensonges de la tradition sacerdotale, les illu-
» sions de la théurgie, les subtilités du platonisme, et n'étant plus
» qu'un antique préjugé, un reste de coutume locale.. — ..Le poly-
» théisme n'était plus qu'une forme de littérature. Mais, dans ce der-
» nier domaine, obligé d'entrer encore en partage avec l'éloquence
» nouvelle des orateurs sacrés, il n'avait plus qu'un petit nombre de
» sectateurs obstinés : le monde était chrétien. » (**M.** Villemain, *Nouv.
Mélang. De Symmaque et de St. Ambroise,* et *De l'Eloquence Chrétienne
dans le quatrième siècle.*)

(1) M. Mignet, *Notices et Mémoires historiques : Introduction de
l'Ancienne Germanie dans la Société civilisée de l'Europe Occidentale.*

(2) « Cameracum, Cambrai, év. av. 390. » M. L. de Maslatrie,
Archevéchés et Evéchés de France. Annuaire Hist. pour 1838. — Cam-
brai avait succédé à Bavai depuis plus de 1400 ans, quand la liste de
M. de Maslatrie fut dressée.

Les chrétiens de la capitale étaient, au IVe siècle, à peu près les seuls
qu'il y eût dans la Nervie. Le nord et une partie du midi des Gaules
étaient encore plongés, long-temps après, dans les ténèbres du paga-

tions d'un jeune visionnaire, cité par l'abbé Heriman, Tournai passait pour avoir été la capitale de ce peuple, lorsque le P. Boucher démontra que l'ancienne capitale des Nerviens était Bavai, et en conclut que Supérior avait eu son siège dans cette ville (1). Cette opinion occasionna une sorte de schisme entre plusieurs savants du dix-septième siècle. Aubert Le Mire (2), Vinchant (3), d'Outreman (4), adoptèrent le sentiment du P. Boucher. L'archidiacre de Tournai, Catulle, le combattit chaleureusement (5), et Dufief, élu à l'évêché d'Arras, Gottefroid Wandelin, le conseiller Blitterswyck, le P. Withem, Vrede, Chifflet, Calene (6), auxquels se joignit le P. Gontran (7), se déclarèrent ; avec Catulle, pour Tournai (8). On fit preuve de part et d'autre de beau-

---

nisme. (Des Roches, *Mémoire sur*..... *l'Etat Civil et Ecclésiastique*..... *des Pays-Bas*.... *pendant les 5e et 6e siècles*, 2e partie. — M. Beugnot, *Chute du Paganisme en Occident.*)

(1) Le P. Boucher, *Belg. Rom.*, etc., 1. VIII, c. 11, 12 et 13 ; *Anakephaleosis*, c. 2, 3 et 4.

(2) A. Le Mire, *Chronic.* ou *Annal.* ad ann. 347 et 349.

(3) Vinchant, *Annal. de la Prov. et Comté d'Haynau*, 1. II, c. 20.

(4) D'Outreman, *Hist. de Valentiennes*, 1. I, c. 4.

(5) A. Catulle, *Tornacum, Civitas Metropolis et Cathedra Episcopalis Nerviorum.*

(6) *Illustrium Virorum Pondus et Statera*, etc. A la suite du livre de Catulle.

(7) Le P. Gontran, *Dissertatio Historica, Sit ne Tornacum Urbs Nerviorum eorumve Metropolis.*

(8) Une semblable controverse ne saurait se renouveler aujourd'hui que les découvertes et les recherches faites depuis le dix-septième siècle ont dissipé les doutes ; mais elle n'avait alors rien d'étrange. Imbus de la même erreur que l'abbé Heriman, beaucoup d'autres et notamment Antoine de Mouchy ou *Democharès*, Renat Choppin, Molan, Arnould Merman, Raphaël de Voltere, Claude Robert, Jean Cousin, Buzelin, Sandère, Poutrain, l'avaient accréditée. Un Italien qui, au seizième siècle, traduisit dans sa langue la géographie de Ptolomée, en rendant *Baganon* par *Bagano*, y ajouta cette explication : *volgarmente Tornay.* En plaçant à Noyon la cathédrale des Nerviens, Beatus Rhenanus fait dériver du nom de cette ville celui de la nation. Wandelin, dans le *Natale Solum Legum Salicarum*, avait érigé Bavai en capitale de l'Empire ; mais, sensible au reproche que lui adressa Catulle, il

coup d'érudition ; mais personne ne se mit en peine de s'assurer si les actes du concile de Cologne étaient authentiques ; si Superior les avait en effet souscrits, et s'il avait ajouté à son nom le titre d'évêque des Nerviens. Ce ne fut que long-tems après qu'un examen sans prévention apprit à ceux qui s'y livrèrent qu'il n'y avait rien de vrai ni dans les actes, ni dans l'objet du prétendu concile de Cologne, et que loin d'avoir été déposé en 346 comme arien, Euphratas, un des pères les plus distingués du concile de Sardique, avait été député par cette pieuse assemblée vers l'Empereur, pour en obtenir le rappel de Saint Athanase, l'antagoniste le plus véhément de l'arianisme (1).

Le tombeau de Lucinus et les objets qu'il recélait attestent non seulement que le christianisme florissait à Bavai dans le quatrième siècle, mais aussi que cette capitale subsistait encore dans les premières années du siècle suivant, et qu'elle n'était pas déchue.

Une septième inscription complète le nombre de celles qui ont été remarquées parmi les ruines de Bavai ou du moins de celles dont le souvenir ne s'est pas perdu (2) La voici telle

---

doubla, pour satisfaire à toutes les exigences, l'étendue de la Nervie, en divisa la population en Nerviens d'au-delà et en Nerviens d'en-deçà de l'Escaut, et abandonna Superior à Tournai. Ces aberrations ne sont pas au fond plus extraordinaires que cent mille autres que l'on voit constamment apparaître, se dissiper, se reproduire, et qu'il n'est pas possible, quelques soins qu'on prenne, d'éviter toujours.

(1) *Fragment d'une Dissertation*, par S.-P. Stiévenard, à la suite des *Recherches sur l'Eglise Métropolitaine de Cambrai*, par M. A. Le Glay.

(2) A moins qu'en prenant le mot *inscription* dans son acception la plus étendue, on ne compte, au nombre des monuments de ce genre, des devises telles que celle-ci : *Si me amas basia me*, qui se lisait sur un bracelet ; ou de simples *memento* comme celui que M. Ternisien trouva parmi des objets retirés d'un tombeau : « Je citerai encore un » petit socle en bronze qui devait être surmonté d'un groupe : sur l'un » des bouts de ce socle on lit cette inscription :

APRILES
DONAVET. »

(M. Ternisien, *Mémorial Encyclopédique*, N° 168.)

qu'elle était gravée sur une pierre carrée d'environ 0.ₘ, 65 de face :

P. VARRVSIVS LAVSIC. C. F.

EX IVSSV RELLIGIONIS

PRO SALVTE MA

TERN. L. F. M. [1]

Ces sept inscriptions ne sont assurément qu'une partie minime de celles que posséda cette ville ; mais on ne connaît des autres qu'une moitié de table en pierre bleue de la longueur de 1ᵐ, 10, d'une hauteur égale, de l'épaisseur de 0ᵐ, 40, et un fragment d'une dimension beaucoup moindre. La plus petite de ces pierres, remarquée gisante près du cirque, portait deux syllabes, ou six lettres, ainsi rangées :

BAG

CEP

La plus grande, déterrée en 1821, à plus de 2 m. de profondeur, renversée sur la base mutilée d'un ancien monument, était chargée de ces quatre bouts de lignes, dont les caractères avaient onze centimètres de hauteur :

CAES

RO ALEXAN

ICI AVG.

NERVIOR

D'actives mais infructueuses recherches furent faites dans l'espoir de retrouver l'autre moitié de la table. Un anonyme essaya d'en recomposer ainsi l'inscription :

IMP. CAES.

M. AVR. SEVERO ALEXAN

DRO PIO FELICI AVG.

CIVITAS NERVIOR. [2]

---

(1) Publius Varrusius Lausicus, fils de Caius, a, par sentiment et par devoir, érigé ce monument pour le salut de sa mère.

(2) La Cité des Nerviens à l'Empereur César Marc Aurèle Sévère Alexandre, Pieux, Heureux, Auguste.

Quant au deux syllabes *Bag. Cep.*, il est maintenant impossible d'y donner un sens, et de déterminer l'espèce de monument soit public, soit privé, triomphal ou funéraire, auquel elles s'adaptaient.

Beaucoup de tombeaux, longs de 2 m. environ, larges de près d'un m., profonds de 0^m, 75 à 0^m, 80, avaient la figure d'un coffre composé de six dalles, quelquefois polies, et avec une inscription sur celle de dessus. D'autres étaient de jolis édifices ornés de colonnes, de statues et de bas-reliefs.

Les urnes, les lacrymatoires, les vases de toute espèce et de toute grandeur, les lampes sépulcrales, les patères qui supportaient les urnes et d'autres vases, l'or et l'argent monnayé, tout ce mobilier des tombeaux, quelque précieuse que pût en être la matière, n'en était pas la seule richesse : on sait qu'il était d'usage d'y déposer aussi tout ce qui avait été jeté sur le bucher, et c'était, avec les objets pour lesquels, de son vivant, le défunt avait marqué de la prédilection, les présents que ses amis avaient dû, par attachement ou par bienséance, y jeter de leur côté (1).

La plupart des urnes cinéraires étaient en terre cuite, de différentes dimensions, de couleur de brique ou d'un noir pâle et terne ; aussi larges que hautes, le ventre arrondi et d'un diamètre double de celui de l'ouverture. Quelques-unes étaient en verre, quelques autres en plomb, les unes et les autres de forme cylindrique et plus hautes que larges. Chacune des urnes de plomb avait un couvercle qui la fermait hermétiquement (2). Les Romains étalaient jusque dans la tombe un tel luxe, que le marbre, l'albâtre, le bronze, l'argent et l'or furent souvent employés à fabriquer des urnes. On trouva une urne de marbre dans un tombeau ouvert en 1770, au pied des remparts de Bavai. Elle était soutenue par de petites colonnes et contenait deux crânes avec des médailles à l'effigie d'Auguste (3).

Les lacrimatoires étaient les uns en verre, les autres en terre cuite. A juger du contenu de ces petites fioles par le marc resté

---

(1) Kirchmann, *De Funeribus Romanorum*, lib. III, c. 5.

(2) Quelques urnes en terre étaient surmontées d'une sorte de petites patères en argent servant de couvercles.

(3) M. J. De Bast, *S. S.*, pag. 39.

au fond de quelques-unes, c'était non des larmes, mais des huiles odorantes (1).

Plusieurs lampes étaient en bronze ou en cuivre, les autres en terre ; les patères en terre et en bronze.

Si, aux dépouilles des tombeaux, on ajoute le produit des fouilles ; ce qui a été ramassé dans les champs, les fontaines, les ravins, les fondrières, le long des chemins, au fond des puits ; ce que la bêche et le soc de la charrue ramènent chaque année depuis des siècles, on demeurera convaincu qu'il ne serait pas moins difficile de nombrer les antiques recueillies à Bavai et aux alentours, que de soumettre au calcul les feuilles de la forêt voisine quand les vents d'automne en ont jonché la terre (2).

La plupart de ces antiques ont été détruites ou dispersées, mais une courte récapitulation des plus remarquables peut donner une idée du reste. Ce sont :

D'innombrables débris de meubles et d'ustensiles employés les uns aux usages habituels de la vie, les autres dans les sacrifices et l'exercice du culte ;

Des outils propres à différents métiers ;

Des vases de toutes les dimensions et de toutes les formes ;

Des ornements pour parure ou pour décoration ;

Des statues de taille plus ou moins haute ;

De nombreuses figurines ;

Des garnitures de toilette, des armes, des bijoux ;

Des milliers de médailles appartenant à tous les règnes depuis César jusqu'à Honorius.

---

(1) Ces fioles servirent quelquefois à recueillir le sang d'un martyr. Aringhi, *Roma Subterranea,* lib. II, c. 20.

(2) Bavai avoisine la forêt de Mormal.

« Dans quelque endroit que l'on fouille dans le territoire de cette » ville, on trouve toujours des antiquités. On serait surpris si on pou- » vait connaître la quantité nombreuse des médailles en or, argent et » bronze, ainsi que des poteries romaines, ramassées depuis plus de » quarante ans dans Bavay et ses environs, et qui actuellement sont » dispersées dans les cabinets de plusieurs amateurs. » Niveleau, *Bav. anc. et moderne.*

On admire l'extrême variété des vases en terre cuite, d'une teinte grisâtre, blanchâtre, brunâtre, jaunâtre, d'un noir plus ou moins foncé, d'un rouge de différentes nuances ; chargés de fleurons, de guirlandes, de festons, d'arabesques, de figures de génies, de nymphes, de sylvains, de monstres, d'animaux, ou de caractères d'écriture. Parmi ces vases il y en a de très-délicats et d'une pâte très-fine.

Le nombre des figurines en bronze est considérable. La plupart sont d'un dessin correct et d'un fini parfait. Elles représentent des dieux et des demi-dieux avec leurs attributs, des empereurs portant un globe dans la main, des guerriers armés de toutes pièces, des magistrats en costume, des princesses, des mimes, des enfants, des esclaves (1).

Le musée de Douai possède un trépied en bronze, haut de neuf décimètres, découvert en 1790 à quelques pas des remparts de Bavai. Il se compose de six cancels en sautoir et mouvants, de sorte que l'on peut à volonté l'élargir et l'abaisser, ou le rétrécir et l'élever, au moyen d'une poignée ornée d'une tête de panthère ; il est surmonté de trois têtes de bacchantes et supporté par trois pieds d'enfant, dont chacun repose sur un socle carré (2).

Quantité d'autres antiques trouvées à Bavai ou dans les environs, garnissent les tablettes du même musée et celles de plusieurs curieux. (3). Malgré tout ce qui a été tiré, il n'est pas rare

---

(1) Deux de ces figurines, du nombre de celles que renferme le cabinet de M. Crapez, maire de Bavai, ont fourni à M. de Contencin le sujet d'une savante notice, insérée dans le tome 1er, page 337, du *Bulletin de la Commission historique du Département du Nord.* M. le maire de Bavai, à qui l'auteur du présent essai sur cette ville doit d'intéressantes communications, possède, outre un grand nombre de figurines, plusieurs autres bronzes, des pierres taillées en creux, des débris de tombeaux, des armes brisées, quantité de vases, spécialement d'urnes cinéraires, et 500 médailles de différents modules.

(2) On en trouve le dessin dans la *Feuille d'or* du P. Lambiez, espèce de journal dans lequel cet antiquaire devait rendre compte du succès des fouilles qu'il avait entreprises. Le même dessin est inséré, avec une description, dans l'*Histoire Monumentaire du Nord des Gaules* du même auteur.

(3) MM. les administrateurs de ce musée l'ont enrichi des antiques

de tirer encore de ce fonds en quelque sorte inépuisable, des médailles, des anneaux d'or, d'argent, d'airain, unis ou à facettes, avec ou sans cachet; des fibules, des clefs, des styles, de ces aiguilles de tête dont de trop impatientes Romaines firent quelquefois un usage inhumain (1); des dards, des fers de lance, des lames et des poignées d'épée, des pièces d'un métal très-brillant, qui servirent indubitablement de miroirs; des colliers, des bracelets, des chatons en or, en cristal, en pierres fines gravées avec une rare netteté, comme celle autour de laquelle on lit cette devise aussi délicate qu'ingénieuse *Judicio te amo* (2).

---

les plus curieuses du cabinet de feu M. Carlier, dont ils ont acquis la plus grande partie.

Plusieurs cabinets furent formés de celles que, depuis la renaissance des lettres et des sciences, on trouva dans les ruines de l'ancienne capitale de la Nervie. Les richesses qu'avait amassées en ce genre le duc de Croy et d'Aerschot, Charles, lui valurent de la part du célèbre Juste-Lipse, le surnom de Lucullus Belge. Gramaye lui donna celui de Mécène, dans l'épître dédicatoire de son *Arscotum Ducatus*. Charles de Croy protégeait ces deux savants. Le cabinet de M. Carlier était aussi très-remarquable. Ces précieuses collections se sont multipliées dans l'arrondissement, où l'on distingue aujourd'hui celles de M. le maire de Bavai, de M. De la Torre, à Ramez, de feu M. de Préseau, à Hujemont, et toutes sont presqu'entièrement composées d'antiques recueillies soit à Bavai, soit aux environs.

(1) « Quelquefois les dames romaines dans un premier mouvement » de colère, battaient elles-mêmes leurs esclaves, les mordaient, ou » leur enfonçaient dans le sein, dans les bras, leurs aiguilles de tête, » longues de sept à huit pouces. » L'abbé Nadal, *Traité du Luxe des Dames Rom.*

« Tuta sit ornatrix, etc.

Ovide, *Ars Amat.*, l. III.

(2) Elle appartenait au cabinet de M. Carlier.

« Malgré que Bavay a été fouillée, depuis nombre d'années, on » trouve toujours dans son sein des preuves multipliées à l'infini de » son ancienne splendeur, surtout lorsque les récoltes sont faites. » C'est alors que les habitans vont chercher sur les campagnes, lors- » qu'il a fait une légère pluie qui a lavé les terres, et il est rare qu'ils » ne ramassent pas des médailles. On en trouve dans les plaines, sur » les *hurées* ou talus de chaque côté du chemin et sur les routes, quel- » ques unes sont si petites, principalement les Constantins, qu'il » faut avoir de bons yeux pour les apercevoir, puisqu'on peut égaler » le diamètre de ces médailles à celui d'une lentille. » Niveleau.

De petites feuilles d'un schiste blanchâtre, attirèrent, en 1836, l'attention de quelques savants qui jugèrent qu'elles avaient servi à un pharmacopole du nom d'*Isadelfus*, pour imprimer les étiquettes que portaient les enveloppes de ses drogues. Outre le nom du droguiste, ils lurent sur la tranche de l'une de ces feuilles, des mots grecs signifiants : « essence, suc, ou liqueur pour les maux d'yeux. » Les autres leur parurent indiquer, en termes empruntés à la même langue, des préparations médicales où il entrait, dans celle-ci du saffran, dans celle-là du nard, dans une troisième des roses (1). On conçoit qu'il ait existé des apothicaires dans la capitale des Nerviens ; le charlatanisme, selon Pline le naturaliste, avait déjà inventé les officines, et promettait de conserver la vie à qui voudrait y mettre le prix (2); mais il faut aider à la lettre pour trouver du grec, même d'apothicaire, dans une légende comme celle-ci :

CЯOCODEJ DIODO BɅMWɅ

ᴼWɅEIJ IHЯEOIJ (3)

---

(1) *Echo de la Frontière* des 10 novembre 1836 et 23 février 1837. (Art. de M. *A. Dinaux*.)

(2) Pline, l. XXIV, c. 1.

(3) « Il paraît bien certain que le cachet de M. de Préseau (en
» stéatite, espèce de pierre calcaire), dont nous avons pris copie et
» l'empreinte, servait à un oculiste romain nommé *Quintus Maetius*
» *Threpius*, pour étiqueter un de ses collyres qui était composé avec
» une certaine plante appelée *crocodilion,* plante dont parlent Diosco-
» ride et Pline, avec du baume de la Mecque (*dia opobalsamum*).
» En effet, la copie, comme cela devait être, se trouve à l'envers et
» en lettres renversées, tandis qu'en la retournant, ou bien examinant
» l'empreinte on peut y lire :

> » *Q. Mœti Threpii*
> » *Crocodil. diopobalsamum.*

» M. Tochon (*Dissertation sur les pierres antiques qui servaient de*
» *cachets aux médecins oculistes*) a déjà expliqué une pierre semblable
» provenant de Bavai. Souvent ces pierres étaient gravées sur 3 ou 4
» faces qui indiquaient des collyres différents. M. de St. Menin (*Rap-*
» *port sur les cachets inédits d'oculistes romains*, dans les *Mémoires de*
» *la Commission des Antiquités de la Côte-d'or*) en explique une qui est
» en sa possession et qui donne des recettes ayant appartenu à des au-
» teurs différents, ce qui semblerait indiquer ou que la pierre a été

Chaque feuille, longue de 34 millimètres, large de 18, épaisse de 6, est chargée, sur trois des quatre tranches, d'inscriptions de deux lignes chacune. Les caractères, qui sont assez nettement gravés en creux, paraissent d'un style fort ancien.

Cette accumulation d'antiques qui semblent se reproduire et se multiplier à mesure qu'on les enlève ; ces tombeaux dont les cendres ont été éparses ou jetées au vent ; ces champs parsemés de fragments de tuiles romaines ; ces débris de colonnes et de statues, ces marbres brisés, ces inscriptions, ces mosaïques, ce canal d'une admirable structure, ces souterrains inextricables, ce cirque qui retentit tant de fois des acclamations d'une foule bruyante et où règne un silence si morne : ces grandes voies que l'on vit souvent couvertes de formidables légions, et dont la trace est aujourd'hui presque entièrement effacée ; tout ce qui reste de l'ancien Bavai atteste qu'il fut une des villes les plus considérables du nord des Gaules.

Les dehors de cette capitale n'étaient pas indignes de la magnificence de l'intérieur. Des temples, des bocages sacrés, des métairies environnées d'une riche végétation, des prairies couvertes de troupeaux, de riantes maisons de campagne, en diversifiaient au loin les alentours. Les chaussées étaient bordées, de 50 stades en 50 stades, d'écuries, d'ateliers, de vastes hangars, et de bâtiments spacieux disposés pour recevoir des troupes ou des voyageurs (1).

Vers la fin de l'an 407 ou le commencement de l'an 408, d'innombrables barbares, chargés de dépouilles et chassant devant eux des troupeaux d'hommes et de femmes (2), fondirent sur les

---

» possédée par des oculistes différents ou qu'elle appartenait à un
» pharmacien chargé de vendre plusieurs remèdes. Il paraît aussi,
» d'après ce que dit le même mémoire, que les caractères seulement
» au trait que nous avons remarqué sur une autre face de la pierre se
» trouvent sur quelques autres cachets et sont autant d'inscriptions qui
» n'auraient pas encore été gravées. » Extrait d'une lettre de M. Th. Virlet, ingénieur, membre de la Commission scientifique de Morée, etc., etc.

(1) N. Bergier, *Hist. des G. C. de l'Emp. Rom.*, l. IV, c. 9. etc. — F. Fournel, *État de la Gaule au Cinq. Siéc.*. c. II, § 8.

(2) « Remorum urbs præpotens, Ambiani, Attrebatæ........ translati » in Germaniam. » Lettre de St. Jérôme à Ageruchie.

terres des Nerviens et n'y laissèrent pas subsister une chaumière.

Stilicon avait retiré les garnisons des frontières pour les opposer à Alaric ou les envoyer en Epire. Des hordes armées d'Alains, de Vandales, de Huns, de Suèves, de Sarmates, de Gépides, d'Hérules, de cent peuples divers, ayant culbuté les Francs restés fidèles aux Romains, quoique abandonnés à leurs propres forces, traversèrent le Rhin, le dernier jour de l'an 406, se répandirent d'abord dans la première Germanique, ensuite dans la seconde Belgique, et ne se retirèrent qu'après y avoir détruit les villes, dévasté les campagnes, converti ces fertiles et populeuses provinces en d'arides déserts. « Quand l'Océan aurait inondé » les Gaules, a dit un contemporain ; il n'y aurait point fait de » si horribles dégats.» (1). La capitale des Nerviens avait accompli ses destinées et demeura comme effacée de la surface du globe.

Constantin, qui des rangs infimes de la milice avait été élevé à l'Empire par les troupes de la Bretagne, sans autre recommandation que son nom qu'elles avaient jugé d'un favorable augure, ayant effectué son débarquement à Boulogne, s'avançait à la tête d'une armée formidable, grossie de la foule des guerriers dont elle s'était recrutée dans la route. Les Barbares se portèrent au devant de lui jusque dans les plaines qu'arrose la Selle, entre le Cateau et Solesmes, y essuyèrent une défaite sanglante, et abandonnèrent, en désordre, le champ de bataille couvert de leurs

---

(1) « Si totus Gallos sese effudisset in agros
   » Oceanus vastis plus superesset aquis.. »
   Anonyme, *Carm. De Provid. Div.*

« Le dernier décembre de l'année de Jesus-Christ quatre cens six, » fut la journée funeste où les Barbares entrèrent dans les Gaules pour » n'en plus sortir. Nous ignorons où cette armée de brigands se forma, » en quel lieu précisément elle passa le Rhin, et si elle traversa ce » fleuve sur la glace, ou sur un pont dont les menées de Stilicon lui » auroient facilité la construction. Les seules circonstances de ce fait » mémorable qui soient parvenues à notre connoissance, sont celles » que nous lisons dans Orose, dans Procope, et dans un passage de » Renatus Profuturus Frigeridus, que Grégoire de Tours nous a con- » servé. » L'abbé Dubos, *Hist. Crit. de l'Etabliss. de la Monarch. Franç. dans les Gaules*, l. II, c. 1. — P. Orose, *Hist.*, l. VII. — Procope, *De Bell. Vandilic.*, l. I, c. 3. — Grégoire de Tours, *Historiar.*, l. II, c. 9.

morts (1). La longue file des tombeaux rangés le long de la voie romaine, entre le Cateau et Inchy, indique le théâtre de cette scène de carnage (2). La déroute fut si complète, que la Gaule aurait été délivrée des brigands qui la désolaient, si, en dirigeant sa marche vers Trèves au lieu de les poursuivre, Constantin ne leur eût laissé la facilité de se rallier, de s'adjoindre des auxiliaires, et de se jeter dans l'Aquitaine.

Pour se rendre à l'endroit où le combat s'engagea, ces hordes avaient dû traverser Bavai, et c'est alors que cette ville fut détruite. Quelques-uns néanmoins en font remonter la ruine jusqu'à Maxime ou même jusqu'à Probus; d'autres, au contraire, la font descendre jusqu'à Clodion et jusqu'à Attila (3). Une telle divergence semble d'abord étrange, mais elle cesse de le paraître quand on songe que l'histoire est restée muette sur un évènement si mémorable. « La douleur et la honte avaient réduit « presque tout l'Occident au silence. Les Germains ne savaient « pas écrire, les Romains ne le voulaient pas (4).

Wandelin, auteur belge d'une érudition profonde, remarque qu'il ne se trouve dans Ammien Marcellin aucune mention de Bavai; aucune dans le code Théodosien; aucune dans la notice

(1) Zosime, 1. VI. — Le P. Boucher, *Belg. Rom.*, 1. XIII, c. 5, sect. 2. — Le P. Barre, *Hist. Gén. d'Allemagne*, 1. V.

(2) M. de Beaumont, père, l'un des membres distingués de la Société d'Emulation de Cambrai, a laissé, sur ces tombeaux, une intéressante notice, insérée ou mentionnée dans un des premiers recueils des Mémoires de cette Société.

(3) Supplém. de l'Encyclop., au mot *Bavay*. — Vinchant, *Ann. de la Prov. et C. d'Hay.*, 1. II, c. 5.

Wassebourg la fait remonter jusqu'à César. « Lez unz dient que ceste » cité de Belge, fut édifiée en Hainau, par ledict Bavo, tellement aug- » mentée et multipliée de peuple, de force, et de richesses, qu'elle » excedoit pour un temps toutes les autres villes et citez de la Gaule » Belgicque. Toutefois finalement elle fut destruite par Jules César et » les Romains tellement que de present de la ruyne d'icelle n'applus » sinon une petite ville, estant audict Hainau nommée Bavay, et ceste » oppinion est la plus apparante de vérité. » *Antiquités de la Gaule Belgique*, etc., par R. de Wassebourg, 1. I.

(4) Simonde de Sismondi, *Hist. de la Chute de l'Emp. Rom.*, tom. 1, pag. 264.

de l'Empire; aucune dans un historien quelconque ; aucune enfin dans la lettre de Saint Jérôme à Ageruchie, et de là, Wandelin
conclut que, au temps d'Ammien Marcellin, cette ville était déjà
ensevelie sous ses décombres (1).

Des trente-et-un livres dont Ammien Marcellin composa son
histoire, dix-huit seulement sont parvenus jusqu'à nous, et plusieurs sont mutilés et entrecoupés de lacunes. Le quinzième
renferme une sorte de précis topographique des Gaules ; mais
Amiens, Châlons et Reims, sont les seules villes de la seconde
Belgique qui y soient nommées, quoique les autres ne fussent
vraisemblablement pas anéanties. (2) Il est douteux qu'Ammien
Marcellin ait eu une occasion plus opportune de parler de Bavai,
et s'il n'en dit rien, ce fut apparemment parce qu'il ne le jugea pas
assez considérable pour mériter la même distinction que Reims,
Châlons, Amiens; ou peut-être parce que la capitale de la Nervie,
pays agreste et couvert de forêts, lui était inconnue.

Le recueil des lois et constitutions impériales, qui porte le
titre de Code Théodosien, sans être celui que l'empereur Théo-
dose avait fait composer et sans en avoir l'étendue, contient la
mention de plusieurs villes, mais de villes du premier ordre, et
non la nomenclature de toutes celles de la domination romaine.
Aussi Wandelin, qui s'était persuadé que Posthume avait eu
dessein de transférer le siège de l'Empire à Bavai, a-t-il pu'
seul penser que l'on n'aurait pas omis Bavai dans le code Théodosien, s'il eût encore été considéré comme ville.

Il règne de l'incertitude sur le temps où fut rédigée la notice
de l'Empire, dont on assure que le texte est *horriblement défiguré
et confondu* (3). Quoiqu'il en soit, des savants d'un grand mérite
la supposent du règne d'Arcade et Honorius. Le P. Boucher
croit qu'elle date de la fin de 437 ou du commencement de 438,
et cette conjecture est appuyée de raisons plausibles. Alors, les
Bourguignons avaient été défaits, les Armoricains réduits à l'o-

(1) *Illustrium Virorum Pondus et Statera. Got. Wandelinus Canonic.*
A la suite du *Tornacum*, etc., d'A. Catulle.

(2) Ammien Marcellin, l. XV.
La Seconde Belgique contenait douze cités, dont chacune avait sa
capitale.

(3) Encyclop. au mot *Notice*.

béissance, les Goths presque entièrement exterminés ; la Gaule
était en paix (1), et l'Empire semblait raffermi sur ses bases (2) ;
mais alors aussi il s'était écoulé trente ans depuis la chute de
Bavai.

Le silence des historiens sur une ville où , a aucune époque , il
ne se joua apparemment de grandes scènes politiques, ne prouve
pas qu'elle eût cessé d'exister ou qu'il n'en restât que les ruines;
autrement, pourquoi n'en auraient-ils pas du moins rappelé la
mémoire ? « Hé ! qu'est-ce que les Grecs ont écrit sur nos contrées septentrionales, se demande le géographe Bilibaldus , si ce
ne sont des fables ? Les Romains, continue-t-il , soigneux de
leur gloire , jaloux de celle des Germains , et moins attentifs
encore à vanter leur propres exploits qu'à dissimuler leur nombreuses défaites, ont supprimé à dessein les livres de Pline sur
les guerres des Germanies , ainsi que ceux de Cornellius et bien
d'autres (3). D'ailleurs , quelle ignorance des lieux , non seulement chez les écrivains qui s'en tinrent toujours éloignés, mais
même chez ceux qui y séjournèrent ou qui eussent dû les connaître mieux. César place l'embouchure de l'Escaut dans la Meuse,
et Strabon rapporte que la Lippe et le Weser versent conjoin-
tement leurs eaux dans l'Ems. En général , les ouvrages des anciens contiennent peu de notions exactes sur les régions du Nord;
les noms de villes, de pays, de nations y sont confondus, défi-
gurés, tant la prononciation les leur rendait difficiles à reconnaître et à transporter dans leur langue (4). » C'est à cette difficulté
que doit être attribuée , sans doute , leur répugnance à les nommer.

_____

(1) Le P. Boucher, *Belg. Rom.*, l. VIII, c. 5, sect 1.

(2) « Un préfet du prétoire avoit toujours son siège à Trèves ; un
» vicaire des dix-sept provinces des Gaules avoit le sien à Arles ; cha-
» cune de ces dix-sept provinces avoit son duc romain , chacune des
» cent quinze cités des Gaules avoit son comte, chaque ville sa curie
» ou sa municipalité. Mais à côté de cette organisation romaine , les
» barbares, rassemblés dans le mallum, sous la présidence de leurs
» rois, décidoient de la paix ou de la guerre, faisoient des lois ou ren-
« doient la justice. » Simonde de Sismondi , *Hist. de la Chute de
l'Emp. Rom.,* tom. 1, p. 217.

(3) Comme l'histoire des campagnes de Julien dans les Gaules, écrite
par lui-même, et dont la perte, quelle qu'en ait été la cause, est un
juste sujet de regret.

(4) Bilibaldi Pickeym , *Germaniæ ex variis Scrip.*

En groupant, pour ainsi dire, quelques-unes des villes qui avaient subi les horreurs d'un sac et dont les habitants avaient été inhumainement massacrés ou chargés de chaînes, Saint Jérôme, dans sa lettre à Ageruchie (1), a eu l'intention d'offrir un tableau propre à émouvoir, mais non une relation détaillée du désastre des provinces envahies par les barbares; il lui a donc suffi de citer les premiers noms qui se sont présentés à son esprit; et parce que ceux de Cologne, de Tongres, de Bavai, de cent autres villes renversées dans le sang et la fange, ne sont pas du nombre, croira-t-on qu'aucune d'elles ne subsistait plus depuis long-temps?

Probus, qui délivra les Gaules des Germains dont elles étaient infestées (2), informa le sénat qu'il avait repris, sur ces barbares, soixante-dix villes importantes. Vopiscus, son biographe ou son panégyriste, dit soixante cités (3), « Quelques villes de Germanie » au-delà du Rhin, dit à son tour Zosime, ayant été incommodées » par les courses des peuples qui habitent les bords de ce fleuve, » il alla les secourir (4). « Mais on ne sait quelles étaient ces villes, car ni Probus, ni Vopiscus, ni Zosime n'en nomment aucune. On ignore de même si les barbares défaits et chassés par Probus avaient pénétré plus ou moins avant dans les Gaules que ceux qui, près d'un siècle plus tard, furent surpris par Julien autour des places qu'ils avaient ruinées en ravageant tout l'espace compris entre les sources du Rhin et les bords de l'Océan, sur une largeur de trois cents stades (5). Toutefois, n'y eût-il aucune exagération dans ces récits, et supposât-on que Bavai fut enveloppé dans l'une et l'autre invasions, les découvertes faites parmi les décombres de cette ville, attestent qu'elle était encore florissante dans les premières années du cinquième siècle.

Maxime fut décapité en 388, sous le règne de Valentinien II; on a donc tort de lui imputer un acte odieux et insensé qu'il n'eût pas à se reprocher; il avait trop d'intérêt à ménager les Belges pour détruire leurs villes, ou pour souffrir qu'on les dé-

---

(1) Hieron., *Epist. ad Ageruchiam.*

(2) Eutrope, *Hist. Rom.*, l. IV.

(3) F. Vopiscus, *Probus Imperat.*

(4) Zosime, l. I. Trad. de P. Cousin, rev. par M. Buchon.

(5) Julien, *Au Sénat et au Peuple d'Athènes.*

truisit. (1) A la vérité, tandis qu'il s'enfermait dans Aquiléo, où il eût la tête tranchée, les Francs indomptables que récemment encore Gratien avait refoulés au-delà du Rhin, repassèrent le fleuve, se jetèrent dans la Belgique, et s'avancèrent jusque en deça des marches de la forêt Charbonnière ; mais ils furent repoussés par Nannius et Quintinus, qui taillèrent en pièces ceux qu'une prompte fuite ne put dérober aux glaives des Romains(2).

Ce ne fut, enfin, ni Clodion, ni Attila qui détruisit Bavai : il était détruit quand le roi des Francs parut dans la Nervie (3), et le roi des Huns n'en approcha vraisemblablement jamais (4).

---

(1) Jacques de Guyse, d'après Alméric ou Almericus, Buzelin (*Ann. Gallo-Flandriœ*), d'après Jacques de Guyse, Galliot (*Hist. etc. de Namur*), Poutrain (*Hist. etc. de Tournai*), et d'autres, répètent que Maxime dévasta ou laissa dévaster la Belgique : c'est une erreur suffisamment réfutée par le silence d'Aurelius Victor, de Paul Orose, de Rufin d'Aquilée, de Socrates, de Sozomène, et surtout par ce passage de Zosime : « Maxime, espagnol de nation, qui ayant servi en Angleterre....... se » fit proclamer empereur, et ayant couvert l'Océan de vaisseaux s'ap- » procha de l'embouchure du Rhin. Les soldats entretenus le long de » ce fleuve ayant approuvé sa proclamation.... » L. IV, trad. de P. Cousin, etc.

(2) Grégoire de Tours, l. II, c. 9.

C'est apparemment cette incursion qui a donné lieu à la fable d'un siège de Bavai par les Francs, défaits par les assiégés, etc. (Jacques de Guyse, 2e vol. fo 3, verso, de la trad. attribuée à Less.) ; ou, peut-être, une étrange confusion de dates et de personnages, occasionnée par ces vers de Sidoine Apollinaire (*Paneg. Avito Aug.*) :

« Francus Germanum primum Belgamque secundum
» Sternebat, etc.

qui se rapportent à une invasion des Francs, sous le règne de l'empereur Maxime *Petronius Maximus.*

(3) Ni Sidoine Apollinaire, ni Gregoire de Tours, ni Aimoin n'ont fait mention de Bavai, quoique Clodion ait dû le traverser en se portant de Tournai sur Cambrai.

(4) Une partie des hordes qu'Attila entraînait à sa suite se répandit dans la Belgique (Sid. Apollinaire, *Paneg. Avit.*), et y commirent d'affreux dégats ; mais Attila en personne, se dirigeant de Trèves sur Worms, Mayence, Metz et Orléans, ne passa pas, apparemment, dans le voisinage de Bavai.

Cette capitale, qui subsistait encore dans les premières années du règne d'Honorius, comme le démontrent les médailles de ce prince que l'on y a recueillies, et la date gravée sur la tombe de Lucinus, avait cessé d'être comprise au rang des villes, avant la fin du même règne, la notice de l'Empire où elle n'est pas mentionnée, et la notice des Gaules dans laquelle elle est remplacée par Cambrai (1), en font preuve : elle avait donc subi dans l'intervalle quelque grande catastrophe ; or, c'est dans l'intervalle que les Vandales franchirent le Rhin, dévastèrent les Gaules, et qu'une de leurs armées se dirigea sur Bavai, qu'elle dépassa, ne laissant derrière elle que des cadavres et des ruines ; ainsi c'est aux Vandales que la destruction de Bavai doit être imputée (2).

Il est probable qu'une grande partie des habitants avaient péri sous les coups des barbares ; que la plupart de ceux qui avaient échappé à la mort furent emmenés en captivité, et que ceux qui parvinrent à se sauver composaient le plus petit nombre. « Les villes et les campagnes des Nerviens, dit M. Fauriel, « furent pillées et ravagées ; toute la partie de la population qui » n'avait pu fuir, ou qui, en fuyant, n'avait pu se sauver, fut » emmenée captive en Germanie. Ayant une fois atteint le sol de » la Gaule Belgique, ajoute le même auteur, la masse incohé- » rante des envahisseurs dut nécessairement s'éparpiller en di- » verses bandes agissant chacune à part.... L'une de ces inva- » sions était celle des peuples qui, sans faire partie de la fédéra- » tion des Alains et des Vandales, étaient entrés à leur suite dans » les Gaules. Il y a tout lieu de croire que ces peuples, pris en » masse, n'avaient d'autre dessein que de faire promptement le » plus de butin possible et de s'en retourner, avec ce butin, dans » leurs bourgades natales (3). « On se persuade aisément que les lieux à travers lesquels des bandes armées s'étaient ouvert un passage, se remplissaient en effet de brigands qui pillaient, arrachaient, emportaient ou entraînaient tout ce qui avait échappé au fer et à la flamme.

Il semble que le siége épiscopal et l'administration civile durent être transférés de Bavai à Cambrai en même temps que le titre de capitale ; il se peut même que à la veille du danger, l'évêque,

---

(1) « Civitas Camaracensium. » *Notitia Prov. et Civ. Galliæ.*
(2) C'est aussi l'opinion la plus générale.
(3) M. Fauriel, *Hist. de la Gaule Mérid. sous la Dom.* etc., tome 1.

son clergé, le comte, la curie, les officiers de la cité et leurs subalternes se soient transportés dans la dernière de ces villes. Toutefois, ce n'est là qu'une conjecture que peut faire naître la substitution d'un de ces endroits à l'autre, indiquée dans la notice des Gaules; mais qui n'a d'ailleurs aucun fondement. Les désastres de l'invasion avaient tout jeté dans une confusion extrême. Il n'y avait apparemment ni ordre, ni régime possible sur une terre désolée, en proie à l'anarchie et à l'usurpation. On ne connait point d'évêque de Cambrai antérieur à Saint Waast, et il n'est nullement certain que Waddo ou Waldo, cité par le P. Boucher comme en ayant été le premier comte, ait jamais été revêtu de cette dignité (1). On ne saurait confondre, enfin, avec les comtes de la Nervie, ceux que Carpentier dit avoir été créés par Charles-le-Chauve, pour les opposer aux Normands, (2) et qui sont pourtant considérés comme les plus anciens comtes de Cambrai (3).

L'épaisseur des forêts fut vraisemblablement le seul refuge ouvert à ceux qui évitèrent la mort et l'esclavage par la fuite (4). Si l'évêque des Nerviens ne reçut pas des mains d'un barbare la palme du martyre ou les fers d'un confesseur, peut-être se dévoua-t-il à la vie érémitique au milieu de quelques-unes de ses ouailles. Peut-être aussi quelques officiers et un petit nombre de jeunes gens vigoureux et alertes furent-ils assez heureux pour rejoindre l'armée de Constantin. Quant à ceux qui ne purent se procurer d'autres abris que la cime des arbres ou le fond des grottes, tous, sans distinction d'âge, de sexe, de condition, se trouèrent réduits à se nourrir de fruits et de racines sauvages, ou de la chair de bêtes fauves: le malheur les avait rendus égaux. Le midi de la Nervie n'était plus, d'ailleurs, qu'un affreux désert dont les champs abandonnés se couvrirent bientôt de ronces et de chardons (5).

---

(1) Le P. Boucher, *Bel. Rom*, etc., l. XX, c. 3.
Le P. Boucher inclinait à croire que Waddo, le maire du palais de Rigonthe (Grégoire de Tours, l. VII. c. 43), était celui qu'on présumait avoir été comte de Cambrai.

(2) Le Carpentier, *Hist. de Cambray*, 1re part., c. 8.

(3) M. Bouly, *Hist. de Cambrai*, c. 1.

(4) « Les Gaulois s'enfuirent dans les forêts pour y chercher un azile contre tant de maux. » M. Dufau. *Hist. Génér. de France.*

(5) Aucun témoin soit oculaire, soit auriculaire, n'a décrit la misère

Cependant, une foule immense de nations diverses, se croisant, se heurtant, allant et venant dans toutes les directions, et chaque jour grossie de bandes fraîches arrivant de la Germanie, infestait les Gaules. Des familles entières se détachèrent de ces peuplades errantes et se fixèrent dans les provinces envahies. Ce fut ainsi que se forma, dans la Nervie, le noyau d'une population nouvelle, qui s'accrut par le mélange des indigènes sortis de leurs retraites (1).

Lorsque, après la mort de Jovin, qui avait succédé à Constantin, les Gaules furent rentrées sous la domination d'Honorius, une troupe de Nerviens lètes, sous le commandement d'un préfet, eut la garde du temple de Mars (2), forteresse consacrée au dieu de la guerre, à huit milles environ de Bavai, à l'ouest (3). Dans les campagnes, délivrées depuis longtemps du fléau qui les dévasta, mais encore à demi-nues, et toujours exposées aux incursions des hordes d'outre Rhin, s'élevaient, de loin en loin, de chétives chaumières environnées de verdoyantes mais rares moissons, et peut-être quelques ruines amoncelées. Tel était le misérable état de cette contrée à l'apparition de Clodion, qui s'avança jusqu'au-delà de Cambrai (4).

Si les Francs qu'il avait sous ses ordres voulurent, comme on l'a dit, laver dans le sang des Nerviens, en traversant leur capitale, la honte d'une ancienne défaite (5), ce ne put être que dans

---

des Nerviens réfugiés, ni la dévastation de la Nervie ; mais on peut s'en faire une idée par induction, d'après les plaintes éloquentes de l'auteur du poëme de la Providence, de Saint Jérôme et de Possidonius.

(1) Simonde de Sismondi, *Précis de l'Hist. des Franç.* Etat de la Gaule au Ve siècle.

(2) « Præfectus Lætorum Nerviorum, Fanomartis Belgicæ secundæ.» *Notitia Dignitat. Imper. Roman.*

(3) Famars n'était ni un simple temple : il n'eût pas été convenable d'y entretenir une garnison, et d'ailleurs il n'eût pu la contenir ; ni une ville : on n'y a trouvé aucun monument, aucun indice qui puisse le faire présumer.

(4) Sidoine Apollinaire, *Paneg. Jul. Val. Majoriano.*

(5) « Et comme dit Almericus, il (Clodion) commanda que les pa-
» rois qui estoient encores droictes en aucuns lieux en la cité de Bavay,
» fussent toutes mises par terre, et pareillement de Fanmars en la

celui de quelques malheureux disséminés sur le sol natal : la capitale des Nerviens , lors du passage de Clodion , n'était plus
apparemment qu'un assemblage de hideuses masures.

Avec ses établissements et ses édifices publics elle avait perdu
son importance et sa splendeur; néanmoins , environ 450 ans
après sa chute , elle était encore du nombre des villes ayant le
titre de cité, et elle avait conservé un des attributs de la puissance:
on y battait monnaie. Des deniers au type de Charles-le-Chauve
y furent frappés sous le règne de ce prince. Le revers de ces
pièces porte pour inscription les mots *Bavaca Civitas* (1).

M. J. De Bast déclare , il est vrai, ne pouvoir se « persuader
» que la pièce rapportée par Le Blanc, avec la légende *Bavaca*
» *Civitas* appartienne à Bavai, *parce qu'il lui* parait peu vraisem-
» blable que Bavai, après les désastres affreux qu'il essuya au

---

» vengeance de la bataille pardevant perpetrée contre ses prédeces-
» seurs. » Jacques de Guyse, 2e vol. fo 5, verso, de la trad. attr. à
Lessabé.

Jacques de Guyse suppose que , de 383 à 451, Bavai essuya cinq
sièges, entrepris :

Le 1er, par Maxime qui *se partit de son pays de Bretaigne et entra
en France supperiore et la dégasta..., descendit en basse France.... et
assiegea.... Therouenne, Arras, Tournay, Solesmes, Fanmars et aul-
tres.... et les despouilla de gens et d'avoir. Et finablement il assiegea la
cité Doctovianne, y fit massacrer tous les Romains, s'y empara des tri-
buts recuillis en toute France*, et changea le nom de cette ville en celui
de *Bavay* (1er vol., fo 141, recto) ;

Le 2e, par les Francs, que les assiégés, avec le secours de leurs voisins accourus de toutes parts, repoussèrent jusqu'au Rhin (2e vol. fo
5, verso) ;

Le 3e, par les Vandales, qui le *despouillerent d'avoir et de tout peuple ;* mais qui toutefois laissèrent subsister les murs , les tours et les
palais (2e vol., fo 4, ro) ;

Le 4e, par les Huns, ayant à leur tête Bleda et Attila , et qui, après
en avoir fait pendant quelque temps une place d'armes , *y bouterent le
feu et abattirent portes, tours, murs et tous les edifices et misrent tout à
lonny et par terre* (2e vol., fo 5, ro.) ;

Le 5e, par Clodion, qui y fit abattre ce qui restait des murailles
(2e vol., fo 5, vo).

(1) Le Blanc, *Tr. Hist. des Monn.*, etc. Charles-le-Chauve.

» commencement du cinquième siècle, eût encore par la suite
» un hôtel de monnaie ; *et parce qu'*il est difficile de déchiffrer
» tous les caractères qui se trouvent sur les monnaies de la pre-
» mière et de la seconde race des rois de France; qu'au contraire
» il est aisé de s'y méprendre et d'y voir une lettre pour une
» autre ; *enfin que* le *Bavaca Civitas est* peut-être le lieu désigné
» par le *Cavaca* dont Eckhart a publié un quart de sol d'or, et
» dont nous ignorons la véritable situation (1). »

Il est, ce semble, beaucoup moins facile de croire qu'un nu-
mismate aussi instruit et aussi exercé que Le Blanc ait prit un C
pour un B et substitué ainsi un endroit connu à un endroit inconnu, sans avoir une idée plus exacte de l'un que de l'autre.
L'opposé a paru plus rationnel au savant Eckhart, qui, ne connais-
sant pas d'endroit auquel le nom de *Cavaca* pût s'appliquer, a
pensé qu'il fallait lire *Bavaca*. L'abbé Ghesquière, érudit versé
dans la numismatique, est entièrement de l'avis de Le Blanc (2).
Nous ignorons quel était, sous le règne de Charles-le-Chauve,
l'état de Bavai, qui a éprouvé tant de vicissitudes qu'il semble
avoir changé de nature à chaque génération, et que l'on représente tantôt comme une jolie petite ville (3), tantôt comme une
bourgade d'un aspect rebutant (4). Au temps de Saint Liboire,
il avait les dehors d'une forteresse (5). On se fait communement
de cette ville, horriblement bouleversée par les Vandales, un
tableau si effroyable, que l'on a peine à comprendre qu'elle ait
pu désormais être habitée. Les murailles en avaient été sapées
jusqu'aux fondements ; la population entière massacrée ou ex-
pulsée ; les richesses, les meubles, tout ce qui était susceptible
de transport ou de déplacement, enlevé ou dissipé ; les édifices
dévorés par les flammes. Pas une seule habitation n'avait été
épargnée, mais il était resté quelques murs debout ; les pierres
des monuments, quoique éparses dans la poussière, n'avaient pas
toutes été brisées ; les tombeaux n'avaient pas été fouillés, et

---

(1) M. J. De Bast, *Sec. Suppl.*, p, 145.

(2) L'abbé Ghesquiere, *Mémoire sur Trois points intéress. de l'Hist.
Monétaire des Pays-Bas.*

(3) G. Paradin, *Contin. de l'Hist. de notre temps. — Mémoires de
Boyvin du Villars,* 1. V.

(4) Le Blanc, à l'endroit cité.

(5) Bolland., *Act. Sanct.* 23 Jul.

l'attrait des souvenirs n'avait entièrement perdu ni son charme, ni sa puissance. Les lieux où s'était écoulée une partie de leur vie, où gisaient les débris de leurs toits et peut-être les ossements de leurs proches, ne pouvaient être indifférents à ceux qui avaient été forcés de fuir. Que de motifs durent y ramener la plupart d'entre eux ! Il était facile de s'y reconstruire des demeures : le voisinage des forêts en offrait le moyen, dans un temps où les particuliers ne bâtissaient qu'en bois et où presque tous savaient manier la cognée. La ville renaissante a pu insensiblement se repeupler et s'étendre. Elle n'avait plus rang de capitale, mais on se souvenait de ce qu'elle avait été autrefois, et il n'est nullement invraisemblable qu'au bout de près de 500 ans, elle eût repris assez de consistance pour avoir un monétaire, comme Maubeuge, Chièvres, Condé (1), qui, sans être d'une plus grande importance, étaient sans doute moins célèbres. Quoiqu'il en soit, les monnaies et les médailles, avec lesquelles on est dans l'usage de les confondre, étant au nombre des monuments historiques les plus indubitables, on peut tenir pour certain que Bavai avait, au IXe siècle, le titre de cité.

Dès lors jusqu'aux temps modernes, de fréquents désastres et le nom de l'ancienne capitale des Nerviens, consigné dans de vieux écrits, révèlent seuls l'existence de Bavai.

L'abbaye d'Hautmont y avait des propriétés du vivant de l'évêque de Cambrai Odon, qui fut élu en 1105, et mourut en 1113(2).

Les habitants de Bavai furent du nombre de ceux à qui Innocent II, par un bref daté de Laon, le 12 avril 1131, accorda la faculté de se faire inhumer dans le cimetière de cette abbaye (3).

---

(1) Le Blanc, *Traité Hist. des Monn. de France.* Charles-le-Chauve.

(2) « Odo divina permissione humilis Cameracensium épiscopus.....
» Guidrici Altimontensis abbatis canonice petitioni condescendimus
» eamque cui preest ecclesiam in honore beati Petri apostoli prin-
» cipis fundatam privilegii nostri munimento consolidamus...... Anti-
» que autem prefate ecclesie possessio hec est....... Apud Bavaium
» quinque curtilia cum quartario. *Extrait des cartulaires de l'abbaye
d'Hautmont.*

(3) « Innocentius episcopus servus servorum Dei dilecto filio Gual-
» berto abbati monasterii beati Petri quod situm est in Altomonte.....
» Sepulturam quo que illius loci liberam decernimus videlicet ut si quis

Un doyen de Bavai, du nom de Waulcher, souscrivit les chartes par lesquelles Baudouin V, en sa qualité d'avoué du prieuré de St. Acaire, à Haspres, régla, en 1176, les droits et coutumes de cette maison, et en 1184, le mode d'administration de la justice qui devait y être suivi (1).

Bavai est nommé dans un bref de Lucius III, à propos de Louvignies, village dont le territoire confine aux murs de cette ville (2).

Le comte de Flandre allant joindre, en 1184, le duc de Louvain et l'archevêque de Cologne, à un mille de Mons, traversa Bavai, à la tête d'une armée (3).

Roger, évêque de Cambrai, et le doyen de Bavai, Waulcher, jugèrent arbitralement, en 1186, le différend survenu entre l'abbaye d'Hautmont et celle de Saint-Guilain, au sujet de la dîme des novales et des bestiaux d'une ferme d'Eslouge (4).

Un certificat, délivré à Bavai par Druard surnommé Villains, prévôt de cette ville, porte la date de 1293 (5).

En 1294, le même Druard protesta, comme prévôt de Bavai et du Quesnoi, contre les habitants de Valenciennes, qui traitaient en ennemis ceux du Quesnoi et de Bavai, dont ils coupaient et emportaient les blés (6).

Vers 1320, il fut procédé, par le prévôt de Bavai, à une enquête touchant les usages et franchises des bourgeois de la *franche rue* de la même ville (7).

» de loco...... Bavaium...... ibidem sepeliri decreverit, et facta con-
» grua elymosina matrici ecclesie de bonis suis monasterio vestro re-
» liquerit..... » *Ibid.*

(1) Saint-Genois, *Monuments anciens.*

(2) « Lucius episcopus servus servorum Dei...... Apud Lovegnias
» juxta Baveie.. . » *Cartul. de l'abb. d'Hautmont.*

(3) *Chronica Gisleberti,* ann. 1184.

(4) « In nomine Domini Rogerus divina permissione Camerac. épis-
» copus...... in nos et dilectum clericum nostrum Walcherum dictum
» Bavacensem decanum ultro compromittentis.... » *Cartul. de l'abb.
d'Hautmont.*

(5) Saint-Genois, *Monum. anc.*

(6) *Ibid.*

(7) *Ibid.*

La charge de prévôt de Bavai était exercée, en 1334, par Nicaise de Sierfontaine, qui assista, cette même année, comme témoin, au *déshéritement* fait par Henri de Sierfontaine, écuyer, d'une maison et *iestre* qu'il avait en franc-alleu, près le *moutier* de Sierfontaine (1).

Le bailli du Hainaut, Simon de Lallaing, et Jean de Jauche, seigneur de Gommegnies, furent chargés, en 1385, par le gouverneur de la province, Aubert de Bavière, de procéder à une enquête sur le différend élevé entre les Lombards de la *Table* de Bavai et ceux de la *Table* de Mons (2).

Le duc Philippe de Bourgogne, surnommé le Bon, accorda, en 1434, de nouveaux privilèges aux habitants de la ville de Bavai, qui avait été presque entièrement détruite par un incendie. Il voulut qu'ils ne pussent être poursuivis, à raison de leurs engagements, sauf leurs obligations envers le prince, devant d'autres juges que le bailli du Hainaut ou la cour de Mons(3). Il exempta ceux de la *neuve rue* du droit de main-morte, et il ne se réserva d'ailleurs, de la succession des bâtards et des aubains, que les deux meilleurs *cattels*.

Martin de Paris, sergent des mortuaires de la recette des mortes-mains à Maubeuge, donna, en 1436 un certificat dont il conste que l'abbesse du chapitre de Sainte Aldegonde avait la moitié de cette recette dans la ville et la châtellenie de Bavai, et le comte de Hainaut l'autre moitié (4).

(1) St. Genois, *Monum. anc.*

(2) Acte du 31 août 1385, déposé aux archives départementales. *Annuaire du Département pour 1836. Bavai.—Table,* Change, Banque. Du Cange, *Gl.* — D. Carpentier.

(3) « Item advons nous ordonné concédé et accordé que les bourgeois masuyers de nre dte ville ne leurs biens, ne poront, ne deveront ny estre poursieuwis pour quelconques debtes quil doient à cui que ce soit sinon pardevant nre Bailly de Haynau ou par jugement de nre court de Mons ou pour nos debtes ou franches forest ou pour obligations bien ftes passées selon la loi et coutum de nre dit pays de Hayñn ou aultrement...... Données en nre ville de Bruxelles le trezeysme jour de juillet l'an de grace mil quatre cens trente quatre. » Signé De le Court, avec la légalisation des magistrats de Mons. » Extrait des Archives de la Mairie de Bavai.

(4) Mme Clément-Hémery, *Promenades dans l'arrondissement d'Avesnes,* c. 12, *Bavai.*

Le receveur de Maubeuge et de Bavai, Michel Brougnart, obtint, en 1437, après la mort d'Aliénor Hauchin, sa première femme, la légitimation de deux enfants qu'il avait eu d'une autre (1).

Philippe-le-Bon donna en fief, en 1438, à Clarembault de Proissy, dont il voulait récompenser les services, deux moulins situés dans les dépendances de Bavai, l'un à vent, l'autre à eau; quinze *huitelées* de prairie et huit *huitelées* de terre labourable, avec droits de *vinage, hallage, gambage, tonlieu, reward* de pourceaux, rentes seigneuriales (2). Ce fut l'origine d'une vicomté qui emprunta de la ville le nom de Bavai. Cette vicomté, qui passa successivement de la maison de Proissy dans celle du Chasteler, puis dans celle de Velen, enfin dans celle de Sainte-Aldegonde, avait été saisie et démembrée longtemps avant l'abolition du régime féodal.

Charles-le-Téméraire conféra, en 1467, à Bernard de la Croix, l'office de bailli des ville, châtellenie et prévoté de Bavai, etc. (3).

Bavai, au moyen âge, était une ville close, défendue par d'épaisses murailles flanquées de tours, et s'étendait beaucoup plus qu'aujourd'hui vers le nord, si du moins la tradition, qui place une des portes détruites, celle d'*Engade,* à peu de distance de Bellignies, n'est pas dépourvue de fondement

Le cirque avait été converti en forteresse (4), et c'est ainsi que s'explique la dénomination de château sous laquelle les habitants du lieu le désignent. Les murs d'enceinte étaient doublés d'un contre-mur garni de tours semi-circulaires, massives et peu élevées (5). Quelques-unes de ces tours subsistent encore,

---

(1) Mᵉ Clement-Hemery, ouv. cité.

(2) Vinchant, *Ann. de la Prov. et Comté d'Haynau,* l. IV, c. 49.

(3) *Ann. du Départ. pour* 1856 : *Bavai.*

(4) M. Guizot, *Hist. de la Civilisation en France,* tom. III, 6ᵉ leçon. — M. Ph. Le Bas, *Dictionnaire Encyclopédique de l'Hist. de France,* au mot : *Cirque.*

(5) « On voit vers le couchant de cette ville les murs en ruine de » l'ancien cirque romain... Ces murs ont été doublés d'une muraille » ayant des demi-tours que l'on appelle ici bosses.... Il paraîtrait que » ce cirque était à la fois un endroit de plaisir et de défense. J'ai fait

quoique à demi-ruinées : ce sont celles dont l'aspect difforme frappe d'abord les regards du voyageur près d'entrer en ville par la porte de Valenciennes.

Fréquemment traversée par des armées, la plupart hostiles, toutes indisciplinées, combien de fois cette ville ne dût-elle pas être saccagée et livrée aux flammes ! Il est à croire qu'elle ne fut épargnée ni par les Normands, ni par les Hongrois, ni plus tard par les bandes aux ordres des petits princes, sans cesse en armes, qui avaient usurpé le pouvoir souverain. Les coureurs du duc de Normandie la brûlèrent en 1340 (1) ; Louis XI la ruina en 1477 (2) ; Henri II y fit mettre le feu en 1554 (3) ; elle fut incendiée en 1572, par des fuyards en déroute, échappés au fer des Espagnols (4). Occupée en 1649 par le duc d'Harcourt, démantelée en 1654 par le vicomte de Turenne (5), brûlée de nouveau en 1655 par le mestre de camp Epance (6), elle ne paraissait plus qu'un village désolé, quand elle fut cédée à la France en 1678, par le traité de Nimègue. Elle avait été tellement réduite que l'on n'y comptait, au commencement du siècle dernier, que cent dix feux (7). Le terrain que recouvrent la rue de Gommeries et le quartier situé entre la rue des Juifs et le rempart,

---

» fouiller une de ces demi-tours dans laquelle j'ai trouvé une petite
» chambre très-bien maçonnée...... La double muraille s'est déjà dé-
» tachée en quelques endroits, il en est tombé un pan il y a quelques
» années.... Ce morceau tombé a mis à jour la muraille qui était ca-
» chée. » A. Niveleau.

(1) *Chroniques de Jean Froissart*, l. I, part. 1, c. 10.

(2) *Ann. du Départ. p.* 1836. *Bavai.* — Le Hainaut fut horriblement ravagé. V. les *Chroniques de Jean Molinet*, c. 57.

(3) Le 23 juillet, « en passant, fut mis le feu en la ville de Mau-
» beuge, et en une belle petite ville nommée Bavay, laquelle estoit
» abandonnée des habitans. » G. Paradin, *Continuation de l'Hist. de notre temps.* — Boyvin du Villars, *Mémoires*, l. V.

(4) *Francis. Harœi Ann. Belg.* Tumultus. — Ph. Brasseur, *Sanct. Sanctor. Hann. etc*: Bav. Opp.

(5) *Mémoires du Duc d'Yorck*, l. II. 1654.

(6) *Mémoires de Mess. Rog. de Rabutin, Comte de Bussy.* 1655.

(7) Extraits d'anciennes pièces de procédures.

était nu , inculte , ça et là parsemé de décombres, et traversé par un grand chemin bordé de haies (1).

L'église paroissiale, dédiée à la Vierge Marie ; celle de Saint Maur, érigée sur la place de ce nom, et le couvent des sœurs grises, fondé en 1507 par Florence de Quiévrain , furent enveloppés dans le désastre de 1572 (2). On reconstruisit l'église paroissiale dans de plus larges proportions ; la charité des fidèles aida les sœurs grises à rétablir leur couvent ; mais l'église de Saint Maur n'a pas été rebâtie (3). Les reliques du saint , que l'on y laissait exposées à la vénération des nombreux pèlerins qui venaient l'y invoquer de toutes les provinces de la France, avaient été consumées. Néanmoins le pèlerinage continua jusqu'à la guerre de 1635, et ne cessa tout-à-fait que lorsqu'il y eut du danger à traverser les frontières (4).

En 1637, les pères de l'oratoire fondèrent à Bavai un collège où ils enseignèrent les humanités, et qui subsista jusqu'à la suppression de leur ordre (5). Leur maison était située à l'entrée du cirque, et leur jardin recouvrait une partie de l'arène. Cette maison , bien que devenue la propriété d'un particulier, qui l'habite, ne paraît avoir subi aucun changement, du moins à l'extérieur, et n'a rien de remarquable.

---

(1) « Cette ville, autrefois célèbre dans les Gaules , n'était il y a cent » ans que bien peu de chose; il n'y avait aucune maison dans la rue de » Gommeries depuis l'église jusqu'au rempart ; le long de la rue des » Juifs à droite du rempart était un chemin garni de haies. » A. Niveleau.

(2) Philippe Brasseur, *Sanct. Sanctor. Hann.*, etc. : *Bavac. Opp.*

(3) «.... Place Saint-Maur. Sur cette place était une église dédiée à » ce saint; on ne peut plus maintenant en montrer l'endroit. » A. Nive- » leau, *Bavai anc. et mod.*

(4) Ph. Brasseur, *Sanct. Sanctor. Hann. : Bavac. Opp.*

(5) « En 1637, le Père Berald, gentilhomme Cambrésien , fut fonda- » dateur de la maison et du collège des PP. de l'Oratoire.... Cet éta- » blissement de Bavai fut fortement protégé par Jean Chrétien de Lan- » das, comte de Louvignies , en reconnaissance d'avoir été élevé par » les PP. de l'Oratoire de Maubeuge. » A. Niveleau. — L'ouverture d'un collège à Bavai avait été autorisée en 1632 par une ordonnance du roi. *Archives de la Mairie de Bavai.*

Des récollets ayant obtenu de la libéralité des habitants quelques mesures de terrain dans un endroit de la ville, isolé, y bâtirent un couvent où ils se réunirent en communauté en 1664 (1).

Ce couvent et celui des sœurs grises, remplacés l'un et l'autre par des constructions nouvelles, ont tellement disparu que l'on n'en distingue plus aucune trace.

La ville actuelle, dont la longueur de l'orient à l'occident est de 925 mètres, et la plus grande largeur, du midi au septentrion, de 536 mètres, a la forme d'un ovale. Elle est fermée, au sud, d'un vieux rempart garni, de distance en distance, d'informes restes de tours, et au nord d'un simple mur de clôture bordé d'un large fossé à demi comblé et tapissé, les trois quarts de l'année, de légumes et d'herbages. De grands arbres entourent cette enceinte et la couronnent de leurs cimes élevées et touffues. On entre par trois ouvertures qualifiées de portes: l'une de Mons, à l'est, l'autre de Valenciennes, à l'ouest, la troisième de Gommeries, au sud. La majeure partie du sol est distribuée en jardins plantés d'arbustes, de charmilles et de hautes tiges; trois cent cinquante maisons, formant treize rues et trois places, et habitées par dix-sept cents personnes, en occupent le surplus. L'église, l'hôtel-de-ville, la halle et la prison sont les seuls édifices publics (2). L'église, d'une structure moins agréable que solide, est intérieurement plutôt triste que sombre, et ni la halle, ni l'hôtel-de-ville ne rappelle en aucune façon la basilique où s'assemblaient jadis les curiales. La ville renferme d'ailleurs de jolies

(1) *Arch. de la Mairie*, etc.

(2) L'église actuelle existe depuis environ 250 ans. — La date de la construction de l'hôtel de ville n'est pas indiquée; mais dans une requête adressée en 1694, « à Messire Jacques Philippe Hennecart, Conseiller » du Roi en sa Cour du Parlement à Tournay..., les Mayeur, Echevins, » Bourgeois *de Bavay exposent* que la ville de Bavay est la plus ancienne du pays et comté du Hainault, *et qu*'elle a conservé l'ancien » droit et son ancienne possession d'avoir un mayeur et bancq de cinq » échevins qui ont conservé jusqu'à présent (*jusque alors*) et exercé la » justice eschevinale et civile, foncière et personnelle et politique sur » tout la ville et eschevinage, et sur tous les manans et habitans.... » (*Archives de la Mairie.*) Quel que soit le plus ou moins d'ancienneté de l'édifice actuel, ce ne doit donc être qu'une reconstruction. — La halle date de 1768 (*Arch. de la Mairie*), et la prison est récente.

habitations. Elle est propre, assez ouverte et bien aérée. Contemplée du voisinage, par un beau jour d'été, alors que l'éclat d'un soleil pur resplendit sur les toits qu'ombrage à demi un feuillage plein de fraîcheur, elle offre un aspect aussi riant que pittoresque.

Bavai était, avant 1790, le siège d'une prévôté dont la juridiction s'étendait sur dix-huit villages; c'est aujourd'hui le chef-lieu d'un canton, composé de la ville et de dix-neuf communes rurales; la justice y est administrée par un juge de paix (1).

L'administration des douanes a, dans cette ville, un bureau de recette et divers employés. D'autres bureaux encore y sont établis, tels que ceux des recettes des contributions directes et indirectes, celui de l'enregistrement et des domaines, celui de l'octroi, le bureau de poste. Une brigade de gendarmerie y est casernée.

Il s'y tient tous les ans, le premier lundi de carême, une foire très-fréquentée, dont le nom est emprunté de l'espèce la plus remarquable des denrées qui s'y débitent : la foire aux *aulx*.

(1) La prévôté de Bavai devait se composer.

α d'un prévôt héréditaire,
» d'un conseiller garde des petits scels,
» d'un conseiller procureur du roi,
» d'un greffier,
» d'un commissaire aux saisies réelles,
» d'un contrôleur des saisies réelles,
» d'un receveur des consignations,
» d'un receveur des épices et vacations,
» d'un contrôleur des taxes et dépens,
» d'un contrôleur des actes d'affirmations,
» de quatre procureurs,
» d'un huissier audiencier,
» de deux sergens immatriculés. » *Juridictions du Hainaut,* par C. M. Faussabry, mss.

Il est douteux que le nombre de ces officiers ait jamais été complet.
Amfroipret, qui ressortissait du baillage du Quesnoi; Feignies et Neuf-Mesnil, qui ressortissaient de la prévôté de Maubeuge, ressortissent aujourd'hui de la justice de paix de Bavai; Hargnies et Pont-sur-Sambre, qui ressortissaient de la prévôté de Bavai, ressortissent de la justice de paix de Berlaymont.

Plusieurs genres d'industrie entretiennent, dans l'enceinte de Bavai, le mouvement et l'aisance. On y remarque particulièrement une vaste clouterie, des tanneries, quelques tourneurs en bois dont les ouvrages sont recherchés.

Les habitants ne sont étrangers ni aux sciences ni aux arts, et leur ville a produit des hommes d'un mérite distingué.

Le célèbre musicien Ockergan était né à Bavai. Il mourut trésorier de Saint-Martin de Tours, en 1515, et laissa une réputation européenne (1).

Jean Le Maire, poëte et prosateur de renom, naquit à Bavai, en 1473. Le chanoine Jean Molinet, son oncle, présida à son éducation. Pourvu à l'âge de 25 ans de la charge de clerc des finances du roi et de Pierre de Bourbon, il l'abandonna, après un exercice de peu de durée, pour s'appliquer à l'étude des lettres. On présume qu'il devint bibliothécaire de Marguerite d'Autriche; il prit du moins le titre d'*indiciaire* historiographe de cette princesse. Il est l'auteur du livre intitulé : *Les Illustrations de Gaule et Singularités de Troye*, bizarre amalgame de la fable et de l'histoire, dans lequel les temps, les lieux, les hommes et les choses sont confondus. Il n'y a pas omis sa ville natale; mais il renvoie, pour ce qui la concerne, à Jacques de Guyse, dont il partageait les illusions (2). Il n'en était pas moins un écrivain élégant et correct. Etienne Pasquier et La Croix du Maine en parlent comme du littérateur le plus parfait de son siècle (3). On lui doit une des règles de la versification française (4). La mort de Louis XII, dont il s'était concilié la faveur, le laissa sans emploi, sans protection et sans ressources. Tombé dans la misère, il voulut noyer ses soucis dans le vin,

---

(1) M. Le Mayeur, *Les Belges*, note 70. — M. Monteil, *Hist. des Franç. des divers Etats*, XVe siècle, c. 21, L'Artiste. — M. Michelet, *Hist. de France*, 1. XV, c. 1, note.

(2) Elles lui venaient sans doute de son oncle, dont l'esprit en était imbu. V. les *Chroniques de Jean Molinet*, c. 46 et 56.

(3) Et. Pasquier, *Les Recherches de la France*, 1. VII, c. 5. — La Croix du Maine, *Bibliothèque Françoise*.

(4) M. Nisard, *Mélanges : Coup d'œil sur la Suite de la Littérature Française*, 2e partie : *Marot*.

perdit la tête et termina sa vie dans un hôpital, si obscurement, que la date de son décès est inconnue (1).

Gilles Waulde, né vers 1596, à Bavai, remporta, dès ses jeunes années, une palme académique dans la célèbre université de Louvain. Il fut chanoine prébendier de Lobbes, curé de Nimi, doyen de Binche et d'Yvoy, chanoine de Cambrai, et mourut dans cette dernière ville en 1656. On a de lui une *vie de Sainte Amalberge*, celles des premiers abbés de Lobbes, avec une chronique de cette abbaye; en un volume in 4°, et une oraison funèbre de l'infante d'Espagne, Isabelle-Claire-Eugénie, gouvernante des Pays-Bas, à qui il avait dédié son livre (2).

Jean-Baptiste Lambiez, surnommé le père Grégoire, naquit, en 1741, dans la ferme du *Nouvion*, située hors des murs mais non hors des limites de Bavai. Il étudia chez les Oratoriens de cette ville, et fut admis, au sortir du collège, parmi les récollets de Lille, dont il ne se sépara que lorsque les religieux de son ordre furent, comme lui, obligés d'abandonner leurs couvents. A son retour, il rapporta à Bavai le goût des antiquités qu'il y avait contracté, dans son adolescence, au milieu des débris de monuments de la magnificence romaine. Il acheta une petite maison attenant au cirque, et là, plus encore que dans le cloître, les ruines de l'ancienne capitale de la Nervie devinrent le sujet constant et presque unique de ses élucubrations. Il avait une érudition plus étendue que solide, et son imagination, exaltée par l'enthousiasme, lui découvrit souvent ce qui n'exista jamais. On peut lui reprocher d'avoir épaissi les ténèbres qui dérobent aux investigations la connaissance de Bavai, en ajoutant de nouvelles erreurs aux anciennes qu'il a rajeunies; on aurait tort néanmoins de le soupçonner d'avoir manqué de sincérité, mais il manquait de critique. Les recherches auxquelles il se livra, et les fouilles qu'il parvint à faire pratiquer, en s'associant des co-intéressés, ne furent pas tout-à-fait infructueuses, puisqu'elles

---

(1) Tous les dictionnaires biographiques contiennent un article plus ou moins développé sur Jean Le Maire ; celui de M. Weiss, dans la *Biographie Universelle* de Michaud, ne laisse rien à désirer.

(2) M. A. Le Glay, *Recherches sur l'Eglise Métropolitaine de Cambrai*, c. 12. — M. A. Dinaux, *Archives historiques et littéraires du nord de la France*, etc., *nouvelle série*, tome II, page 542.

procurèrent le trépied qui se voit au musée de Douai (1). Ses principaux ouvrages sont :

Un Mémoire sur les antiquités de Bavai ;

Huit dissertations sur les colonies *Gomériennes,* Troyennes, Nerviennes, Romaines, Françaises ; sur la capitale des Nerviens ; sur les gouverneurs établis par les Romains dans la Belgique, et sur les assemblées nationales tenues dans les provinces belges ;

La clef de l'histoire *monumentaire,* et l'histoire *monumentaire* du nord des Gaules.

Le style en est généralement étrange ; mais on y admire l'emphase et l'intime conviction avec lesquelles l'auteur reproduit les fables les plus absurdes, et l'on est frappé des éclairs de vrai savoir qui brillent dans plusieurs de ses pages, à travers un amas confus d'obscures rêveries.

Après s'être laborieusement acquis une réputation éphémère, Le P. Lambiez alla, vers le temps de la restauration, mourir à l'étranger, profondément oublié (2).

Augustin Carlier, curé-doyen de Bavai, y passa une si grande partie de sa vie, qu'il semble ne pas appartenir moins à cette ville que ceux des indigènes qui ne l'ont jamais quittée. Il était natif de Boulogne, village à 5 kilomètres d'Avesnes. Mis en possession, vers 1775, à l'âge de 43 ans, de la cure et du décanat de Bavai, il resta dès lors attaché à la même paroisse jusqu'à sa mort, en 1818. Ses loisirs, durant ce long espace, furent employés à rassembler les antiques dont il forma un cabinet unique dans son genre, comme l'a dit M. J. De Bast, en ce qu'il ne se composait que

---

(1) « Cet antiquaire avait une connaissance parfaite du sol de Bavai
» et de ses environs ; il apercevait par la végétation des céréales la
» trace des antiques constructions enfouies sous terre ; le grain étant
» effectivement semé sur un sol ayant une maçonnerie à peu de profon-
» deur, ne peut suffisamment étendre sa racine, pour prendre le suc
» nutritif, et s'élève alors moins haut que l'épi jeté sur une terre déga-
» gée de cet obstacle. » A. Niveleau, *Bavay anc. et moderne.*

(2) M. Arth. Dinaux a dépeint, avec son talent ordinaire, le P. Lambiez, dans la notice biographique du tome II, 2ᵉ série, des *Archives hist. et litt. du nord de la France, etc.,* intitulée : *Le Père Grégoire.*

d'objets recueillis sur les lieux (1). Toutefois, à défaut de local, cette précieuse collection n'avait pu être distribuée dans un ordre convenable. De grandes pierres, la plupart sépulcrales, couvraient le pavé de la cour du presbytère; une sorte de cellier, ouvrant sur cette cour, était rempli d'urnes cinéraires, d'autres vases de toutes les formes et d'innombrables tessons. L'une des pièces de l'étage supérieur renfermait les débris de vingt siècles, entassés pèle-mêle. Beaucoup de médailles, objets de la prédilection du propriétaire, avaient néanmoins été rangées méthodiquement sur les tablettes d'un médailler. Les médailles n'étaient pas la moindre richesse de ce cabinet; elles dépassaient le nombre de 5200, et portaient l'empreinte de 121 empereurs ou impératrices. M. Carlier qui, n'ayant négligé aucune des connaissances indispensables à l'antiquaire, avait étudié l'histoire, eut le projet d'écrire celle des Nerviens, ou du moins de publier ce que les livres et ses propres investigations lui en auraient appris (2): la ville qu'il habitait avait été leur capitale, et tout ce qui l'entourait devait les rendre présents à sa mémoire; mais, soit que distrait par d'autres soins, il ait changé de détermination, soit que le temps lui ait manqué, il n'a laissé qu'une description manuscrite d'une partie de ses médailles, et quantité de notes plus ou moins intéressantes, éparses entre les feuillets de ses livres. Le cabinet d'antiques a eu le sort des monuments dont quelques restes avaient servi à le créer : ce n'est plus qu'un souvenir.

---

(1) « Maintenant se présente le superbe Cabinet d'Antiques de M. » Carlier, curé de Bavai, cabinet unique dans son genre, en ce qu'il » ne renferme que des monumens découverts dans cette ville ou dans » ses environs. » M. J. De Bast, *Second Supp.*, etc., p. 52. Ce second supplément renferme une énumération circonstanciée des antiques du cabinet de M. Carlier.

(2) « Je serais charmé d'y trouver quelque chose qui regardât les » Nerviens dont je me propose de laisser au public ce que j'en saurai, » d'après les connaissances et les recherches que je fais depuis une » douzaine d'années que je suis curé de leur ancienne capitale, et que, » Dieu aidant, je continuerai jusqu'à la mort autant que mes forces et » mes facultés pourront me le permettre, n'aimant surtout que dire du » solide, du bref, de l'utile et du vrai. » (Extrait d'un brouillon ou projet de lettre de la main de M. Carlier.)

ERRATUM.

—

Page 1, note 3, — *au lieu de :* Tacite... idem, *lisez :* Tacite, ibidem.

Page 23, lign. 5e et 6e, *au lieu de :* agglomémérée, *lisez :* agglomérée.

Page 25, 1re ligne des notes, *au lieu de.* nembre, *lisez :* nombre.

Page 27, lign. 1 et 2, *au lieu de :* peut être, *lisez :* peut-être.

Page 31, ligne 18, *au lieu de :* fut, *lisez :* fût.

Page 40, ligne 26, *au lieu de :* 'Italie, *lisez :* l'Italie.

Page 41, 5e ligne des notes, *au lieu de :* distingue, *lisez :* distingué.

Page 44, ligne 13, *au lieu de :* justice, *lisez :* la justice.

www.ingramcontent.com/pod-product-compliance
Lightning Source LLC
Chambersburg PA
CBHW071125260626
47162CB00006B/2456